DANIEL PICOULY

CAUCHEMAR PIRATE

Illustrations de
MICHEL RIU

Castor Poche Flammarion

Daniel Picouly

«Je suis né à Villemomble dans la banlieue parisienne en 1948, c'est du moins ce que prétend ma carte d'identité. Mais, en vérité, je suis arrivé en haut d'un cerisier, dans une famille assez nombreuse pour former, à elle toute seule, une équipe de football. Moi, j'étais le numéro 11.

«Grimpé dans mon cerisier, j'ai commencé à raconter des histoires à mes deux petites sœurs. Bien plus tard, tout en faisant le professeur, j'ai écrit des romans policiers pour les grands. C'est dans un de ces romans que j'ai rencontré Hondo. Depuis je ne peux plus le quitter. Alors je raconte ses aventures avec ses trois amis, dans le XIXe arrondissement de Paris. C'est là qu'il habite, comme moi. Parfois, quand je me promène dans le quartier, je croise Hondo qui rêve. Mais je n'ose jamais lui dire qu'il risque d'attraper froid à force d'oublier de nouer son écharpe écossaise. Tant pis, je le ferai moi-même dans la prochaine histoire.»

Du même auteur, dans la collection Castor Poche :
Le lutteur de sumo, n° 582
Le champ de personne, n°590
La coupe du monde n'aura pas lieu ! n°643

Michel Riu

L'illustrateur de l'intérieur est né à Paris, mais ses racines sont catalanes. Après quatre années d'études de dessin à Bruxelles, il revient vivre en banlieue parisienne. S'il se sonsacre alors plus particulièrement à la bande dessinée et fait paraître des albums dont il est le scénariste et le dessinateur, il illustre aussi des jeux de rôles et des romans pour enfants.

Marcelino Truong

L'illustrateur de la couverture est né en 1957 à Manille (capitale des Philippines), d'un père viêtnamien et d'une mère française. Il passe une enfance voyageuse au Viêt-nam, aux États-Unis et en Angleterre. À vingt-cinq ans, il choisit la vie d'artiste. Il a appris le métier d'illustrateur sur le tas en multipliant les collaborations dans la presse, l'édition et la publicité. Marcelino Truong a illustré de nombreux livres pour la jeunesse chez différents éditeurs, ainsi qu'une bande dessinée sur le Viêt-nam des années vingt. Il se consacre aussi à la peinture avec un thème de prédilection, le Viêt-nam, où il se rend régulièrement. Il vit à Paris, avec sa femme et ses deux filles.

Chapitre 1

Le corps de l'homme en chemise blanche bascula par la fenêtre en poussant un long cri.

Hondo se réveilla en sursaut. Encore ce cauchemar ! Depuis quelque temps, il revenait chaque soir. Hondo était dans l'obscurité, le visage couvert de sueur. La poitrine oppressée. Il avait l'impression que la masse de la tour au-dessus de lui allait l'écraser. Trente étages de béton. Sa chambre était au premier. Il étouffait. De l'air ! Il lui fallait de l'air ! Hondo se dressa d'un bond sur son lit. Ses dents lui faisaient mal. C'était certainement cet appareil dans sa bouche !

– Il le faut, mon garçon, sinon tes incisives vont s'écarter !

C'est ce que disait le dentiste. Et alors ? Il avait les dents du bonheur. C'est joli les dents du bonheur ! Juste un petit espace pour glisser une paille et boire sa limonade en faisant rigoler les copains. On dirait que les grands n'aiment pas quand les petits ont le bonheur entre les dents. Surtout la dame de la DDASS. Son ennemie. Une toute desséchée, avec du malheur plein la bouche. Des caries, des plombages, des couronnes, des bridges ! On se demandait comment il restait encore de la place pour sa langue. Pourtant, elle était bien pendue sa langue ! Elle lui avait raconté tout ce que le dentiste allait lui faire. Et en détail ! La piqûre, l'anesthésie, la roulette...

– Tu vois, ce n'était pas si méchant..

Il était gentil le dentiste de l'avenue Laumière. Un petit bonhomme tout moustachu et poilu de partout, avec des dents bien rangées qu'il avait dû se faire lui-même.

N'empêche que c'était grave cet appareil. Avec ce fil de fer en travers, Hondo n'osait plus ouvrir la bouche...

– Tiens, on t'a mis ta muselière !

Cette teigne de Gontrand ! Le frisé du dix-huitième. Un jour il restera coincé dans l'ascenseur. Et personne pour appeler les pompiers.

Hondo alluma sa lampe de chevet et s'épongea le visage. Il venait encore de faire ce cauchemar. Toujours le même : À une fenêtre, deux hommes se battaient. Tout à coup, l'un basculait dans le vide en criant.

C'est ce cri qui réveillait Hondo. Le plus étrange c'est que la scène semblait se dérouler dans sa chambre. Là, sur le mur. Comme si l'homme en chemise blanche tombait du poster qui était accroché en face de son lit.

C'est ça !

C'était la première fois que Hondo s'en apercevait. Le décor de son cauchemar était exactement le même que celui de son poster. Le même. Il représentait la rue Gresset dans le XIXe arrondissement. On voyait sur l'image un immeuble délabré, bas de deux étages,

coincé dans une rue étroite et sombre. Un petit muret et une grille lui donnaient l'air d'une maisonnette perdue dans la nuit.

Au milieu du poster, il y avait cette fenêtre éclairée au deuxième étage. C'était de là, dans son cauchemar, que l'homme à la chemise blanche tombait.

Hondo regarda le poster. Il connaissait l'image par cœur. C'était son père qui la lui avait offerte. Une carte postale ancienne qu'il avait fait agrandir...

Un souvenir. Un mauvais et un bon souvenir... Il ne lui avait jamais expliqué. Hondo aimait beaucoup cette image, car on voyait bien, en s'approchant, que le monde était fait de milliers et de milliers de petits points. Hondo aimait se dire qu'il était un tout petit point qui pourrait se cacher n'importe où, un jour.

Hondo se leva de son lit et examina le poster. Rien d'anormal. Juste du papier. Peut-être une odeur un peu âcre que Hondo n'avait pas remarquée auparavant. Il alla dans la cuisine boire un verre d'eau et manger une crème brûlée C'était son tour de vaisselle. Il avait encore oublié. L'évier débordait d'assiettes, de plats, de couverts, de casseroles. Pourtant, ils n'étaient que deux !

– C'est encore ton cauchemar.

Son père était sur le pas de la porte. Hondo ne l'avait pas entendu se lever. Son père se déplaçait sans bruit. Peut-être parce qu'il était commissaire de police. Le commissaire Lomron était son père depuis pas longtemps. Il l'avait recueilli. Sa mère et sa sœur étaient mortes. C'était son père qui avait mené l'enquête.

– Ça va ton appareil ?
Hondo ne lui avouerait pas qu'il avait mal. Il savait qu'il fallait faire ce que disait la dame de la DDASS. Sinon elle les séparerait. Alors c'était rien d'avoir un peu mal.

Ils restèrent tous les deux dans la cuisine à manger une crème brûlée que Hondo avait préparée. Son père faisait des grimaces et se frottait le ventre pour dire que c'était bon. Hondo était fier. Ils se recouchèrent. Son père laissa la porte de sa chambre ouverte. Hondo savait que son père ne dormirait pas. Il écouterait.

Hondo retourna dans son lit. Il fixait le poster dans la pénombre. L'appareil dans sa bouche lui faisait un peu mal encore. Le fil de fer se resserrait sur ses dents. Il lui blessait les gencives.

Tout à coup, Hondo eut l'impression que la lumière de la fenêtre venait de s'allumer. Là, au deuxième étage ! En même temps, Hondo entendit une musique lointaine. Très lointaine. Et une voix ! Celle d'une femme qui chantait.

Le fil de fer s'enfonçait dans la bouche de Hondo. Il avait mal. Il saignait. Mais il savait que s'il allumait sa lampe de chevet, tout disparaîtrait du poster. Il voulait savoir. Alors il se leva de son lit et s'approcha. Sur le poster, à la fenêtre éclairée du deuxième étage, un rideau bougeait. La musique était plus forte. Elle semblait venir d'un vieux poste de radio. Hondo entendit les paroles de la chanson... *De l'autre côté de la rue...*

C'est à ce moment, dans son cauchemar, que les deux hommes apparaissaient, qu'ils se battaient et que l'un des deux tombait par la fenêtre.

Hondo aurait voulu attendre pour voir de plus près. Mais la douleur dans sa bouche était trop forte. Hondo se jeta sur son lit et alluma sa lampe de chevet. Tout disparut sur le poster. La fenêtre, la musique... *Si vous avez vraiment mal, jeune homme, une simple pression à cet endroit...* Le dentiste lui avait montré. En fait, le dentiste était orthodontiste : un peu comme un dresseur de dents.

Hondo décrocha le fil d'acier de son appareil. C'était comme si une tempête s'arrêtait soudain. Un grand calme. Une immensité de sable brûlant qui le recouvrait. Hondo s'endormit, son appareil dentaire à la main. Il rêva qu'il était dresseur dans un cirque. Il avait un grand fouet et faisait sauter d'énormes dents de tigre dans un cercle enflammé.

Chapitre 2

« *Hondo, j'ai dû partir tôt. Il reste du café. Je n'ai pas retrouvé mon AS. Je t'embrasse. Ne m'attends pas. N'oublie pas ton appareil.* »

Le mot était collé sur la porte de sa chambre. Il était signé d'un petit bonhomme bleu avec un gros nez. C'est comme ça que son père se représentait. C'était plutôt ressemblant. Hondo installa le fil de fer bien tendu sur ses dents du haut. Il alla tout de suite dans la cuisine, ouvrit le réfrigérateur et regarda dans le bac à légumes. L'AS était là, dans un sac en plastique. L'AS, c'était l'Arme de Service. Son père la cachait pour que Hondo ne risque pas de se blesser avec. Résultat : il ne la retrouvait jamais. Son père était un policier sans arme et tête en l'air.

Hondo vit la pendule. Ho ! Il avait dormi longtemps et la journée était déjà bien avancée. Il prépara ce qui serait son petit déjeuner, son déjeuner et même son quatre-heures. Du pain perdu. Cinq tranches. La journée serait longue. Dorées et moelleuses avec une pointe de rhum, c'est comme ça qu'il les aimait. Un grand bol de café au lait pour accompagner. Il versait le lait bouillant sur le café jusqu'à ce que la teinte du mélange soit la même que celle de sa main. Hondo était un garçon café au lait, avec beaucoup de lait parce que c'était l'hiver. Trois sucres, et il buvait à petites gorgées, debout devant la fenêtre en regardant le canal.

Allez, fini de rêvasser ! Aujourd'hui, il allait chercher un cadeau pour son père. Ni son anniversaire. Ni sa fête. Juste une envie. Comme ça ! Hondo enfila son duffle-coat et noua son écharpe écossaise. La vaisselle ! Tant pis. Il la ferait en rentrant.

« Pas de charivari ! » C'est ce qu'il disait à sa chambre à chaque fois qu'il partait. Hondo avait toujours pensé que dès qu'il avait le dos tourné, sa chambre en profitait pour se mettre en désordre. Son père ne croyait pas trop à cette explication. Ça ne faisait rien, Hondo aimait bien le mot « charivari ». La boîte aux lettres était vide. Parfois, il recevait une carte postale des États-Unis. *US Mail.* C'était écrit sur le timbre. Les cartes venaient de La Nouvelle-Orléans. Elles n'étaient pas signées, mais Hondo croyait savoir qui les lui envoyait. Il ne voulait pas le dire. C'était son secret.

Pour son cadeau, Hondo devait aller avenue Laumière près de chez le dentiste. Il traversa le canal par le pont-levis. Du haut de la passerelle il regarda de loin sa tour. Trente étages, et il habitait au premier. Quel gaspillage ! D'habitude il attendait qu'un bateau passe pour contempler le dessus du crâne des touristes. Mais aujourd'hui, il n'avait pas le temps. Hondo prit par la

rue de Crimée. C'est là qu'il habitait avant. Il aimait cette rue. Il y avait plein de choses à voir quand on la connaissait un peu. Pas aujourd'hui. Trop pressé.

Hondo remonta la capuche de son duffle-coat pour ne pas se laisser tenter. Il ne s'arrêterait pas à la boulangerie d'Aziz pour acheter un gâteau au miel, ni à la laverie Bernolyne pour respirer l'odeur de propre et regarder le linge tourner derrière le hublot. Il passa devant Bazar 2000. Pas un regard à la grande bicyclette chinoise, à la trousse de survie de la jungle avec boussole dans le bouchon de la gourde en métal. Pas une œillade à la girafe porte-manteaux, à la montre-planisphère lumineuse. Rien. Hondo fixait le bout de ses baskets rouges. Le plus dur serait le marchand d'aquariums. Il y avait dans la vitrine un poisson-lune noir avec des nageoires violettes qui savait dire son nom avec la bouche. Hon-do ! Hon-do ! Aujourd'hui, il n'oserait jamais lui répondre. Avec ce fil de fer sur les dents, le poisson-lune le prendrait pour un piranha et irait se cacher derrière le scaphandrier en plastique. Hondo pressa le pas. Je ne vois rien ! Je ne vois rien ! Je n'ai rien vu ! Ouf !

L'avenue Jean-Jaurès n'était pas très dangereuse si on restait du côté des impairs. En traversant on tombait sur la boulangerie du 116 de la rue de Meaux. Des baguettes d'os tendre ! Les meilleures du monde. Il ferma les yeux, sentit l'odeur du pain chaud et un choc dans son ventre. Il avait déjà faim ? Non, il venait de se buter dans un guéridon, de renverser un verre vide et un cendrier. Le garçon de café grogna en agitant son torchon comme pour chasser une mouche. Hondo comprit bien que c'était lui la mouche. Il se sauva.

Bon, maintenant tu fais attention où tu marches. Non, tu ne vas pas au gymnase des bains-douches municipaux voir les boxeurs taper dans le sac de sable ! Hondo mima un uppercut. Hondo, l'homme aux dents en acier : champion du monde ! Arrête de faire l'idiot ! Tu traverses au petit bonhomme vert. T'occupe pas du marchand : *Crêpes moelleuses !* Hum ! avec de la crème de marrons... Pas question ! Encore trente mètres. C'est là :

Le voleur de mémoire
H. Traffor, Livres, bibelots,
cartes anciennes.

Hondo regarda l'étrange devanture. La vitrine et la porte étaient recouvertes de papier journal jauni. Hondo hésita. L'endroit avait mauvaise réputation. *Des petits enfants étaient entrés dans la boutique et on ne les avait jamais revus.* Bah ! Ce sont des racontars tout ça ! Hondo n'a pas peur. Hondo est un chasseur de lions féroces. Tout de même, il pourrait peut-être trouver un cadeau ailleurs. Il reviendrait demain.

Non ! Un guerrier Yuruba ne revient jamais sur ses pas. Sauf mort ! Oui, mais son père serait malheureux. Il vaut mieux renoncer. Alors tu ne verras pas l'Armoire aux Merveilles. C'est vrai ! Bon, c'est décidé. Hondo entre.

Gling ! Dong ! Il sursauta. Son cœur se mit à bondir dans sa poitrine. Le carillon au-dessus de la porte ! Il l'avait oublié. Le fil d'acier frissonna sur ses dents. Oh, pour une fois, le guerrier Yuruba pourrait rentrer chez lui. Avance, pleutre, timoré, couard ! Hondo connaissait plein de mots pour se donner du courage.

La boutique était sombre et poussiéreuse. Personne. Des piles de livres et de magazines montaient jusqu'au plafond et menaçaient de tomber. Est-ce que ça existe une avalanche de livres ? Et des chiens qui viennent vous chercher avec un tonneau de café au lait bien chaud autour du cou. Ne fais pas l'idiot. Avance !

Il y avait aussi des rangées de tiroirs, remplis de cartes postales, et des bacs pleins d'objets de toutes sortes : c'était comme avancer dans la jungle de Sumatra et le temple de Bouroum Joubar ! Et toujours personne. Mais Traffor pouvait apparaître à n'importe quel moment. Avance !

L'Armoire aux Merveilles est là-bas, près du comptoir. Un petit meuble vitré fermé à clef. À l'intérieur, sur des étagères en miroir, des dizaines de petits animaux sauvages en ivoire : lions, girafes, rhinocéros, zèbres. On aurait dit qu'ils étaient venus boire à la rivière. Le préféré de Hondo, c'était un éléphanteau à la trompe en l'air. Il avait un petit anneau d'argent sur le dos. Hondo aurait pu le porter à son cou, et le soir, lui raconter des histoires. Des histoires d'Afrique.

– Faut pas toucher !

Traffor ! Hondo fit un bond sur place. Son cœur voulut de nouveau sortir de sa poitrine. Il le retint avec ses deux mains. Il en avait besoin de son cœur. Un crâne chauve et pointu venait de surgir derrière le comptoir. Hondo resta pétrifié. Monsieur Traffor surgit ses quatre yeux, ses oreilles de catcheur. Il avait dans une main une paire de

ciseaux géante et dans l'autre un pilon d'onyx.

– Pas à vendre !

Une lampe éclairait le visage de Traffor par en dessous. Comme quand on veut faire peur. Traffor aimait ça. On le voyait bien dans ses petits yeux gris, derrière ses lunettes rondes de docteur.

– Qu'est-ce que tu veux ?

Hondo lui expliqua sans bafouiller. Il ne faut pas qu'il voie que tu as peur. Il serait trop content. Respire ! Respire fort !

– Tu veux une carte postale d'une vue du canal, pour la faire agrandir ? Regarde dans cette rangée, le tiroir du haut. Et tu les déclasses pas !

On aurait dit que sa voix sortait du vide-ordures. Traffor se remit à découper des journaux et à broyer une espèce de poudre blanche avec son pilon. Qu'est-ce qu'il pouvait bien préparer ? Hondo regarda les cartes postales du tiroir une à une. C'était comme une promenade en noir et blanc dans le Paris d'il y a longtemps.

Il y avait : l'écluse du canal Saint-

Denis, les chevaux qui tirent les péniches et les chevaux qui tirent. Le canal de la Villette avec des bateaux à voiles dessus ! Avenue Laumière, 1876, American Dentist. Une enseigne, exactement à l'endroit où habitait son dentiste aujourd'hui. C'était étrange.

Hondo continuait sa promenade en mettant de côté les cartes postales qui l'intéressaient. Celle-là ! le Pont-Levis de la rue de Crimée. Le passage du bateau de Touage. Qu'est-ce que ça peut vouloir dire « Touage » ?

– Tu me prends pour un dictionnaire, mon p'tit ?

Tant pis, il demanderait à son père. Hondo regarda toutes les cartes postales du tiroir.

– Alors, tu achètes quelque chose ? Je vais fermer !

Hondo pensa aux petits enfants qui étaient entrés dans la boutique et qu'on n'avait jamais revus. Il se dépêcha. Il en avait choisi quatre. Sur chacune figuraient les deux entrepôts des Magasins Généraux qui étaient juste au pied de sa tour, au bord du canal. Son père les aimait beaucoup. Il restait parfois longtemps à la fenêtre, à regarder les ruines de celui qui avait brûlé. Un feu gigantesque. Hondo s'en souvenait.

Traffor examina les quatre cartes postales. Ses yeux gris devinrent minuscules derrière ses lunettes. Son faux sourire s'effaça soudain. Il fixa Hondo comme pour le transpercer et abattit sa main sur le comptoir.

– Pas à vendre !

Hondo eut l'impression que la boutique lui tombait sur la tête. Pas à vendre ! Mais qu'est-ce que c'était que cette boutique où on ne vendait rien ? Et pourquoi, d'abord ?

– Pas d'explication. Pas à vendre ! C'est tout. T'en choisis d'autres.

En choisir d'autres ! Mais c'est celles-là qu'il voulait ! Pas d'autres ! C'est ce coin-là du canal que son père aimait. Pas un autre ! Hondo regardait les quatre cartes postales étalées sur le comptoir. Il aurait pu les rafler et se sauver avec en courant. Ça ne se fait pas pour un cadeau. L'appareil dentaire se mit soudain à lui faire mal. Le fil d'acier vibrait sur ses dents. Il allait hurler, ouvrir l'Armoire aux Merveilles. Le lion d'ivoire se jetterait sur Traffor et le dévorerait. Hondo rentrerait chez lui sur le dos de l'éléphant à l'anneau d'argent. Le plus difficile serait de traverser le carrefour de Jaurès.

– Et pourquoi veux-tu celles-là absolument ?

Hondo lui raconta comment son père était venu ici, avait choisi une carte et l'avait fait agrandir.

– Tu m'as bien dit la rue Gresset ?

Oui, c'est ce qu'il avait dit ! Et que son père était commissaire. Il le glissait parfois, quand les gens ne voulaient pas comprendre.

– Tu fais des cauchemars ?

Ça ne le regardait pas.

– Montre-moi tes dents !

Hondo resta pétrifié. Il pensa de nouveau aux petits enfants qu'on n'avait jamais revus. C'est ça ! Il va me vendre, moi aussi. Esclave, comme mes ancêtres ! Il regarde mes dents, après, il va tâter mes bras et mes jambes. Non, Traffor n'a pas l'air intéressé. Je suis trop maigre. Tant mieux! À partir de demain, je ne mange plus. Comme ça, personne ne voudra m'acheter. Calme-toi. Respire. Regarde, il sourit.

– C'est bien ce que je pensais, tu as un appareil. Alors tu peux prendre celle-là mon garçon.

Entrepôt au sucre et bassin de la Villette. Ce n'était pas sa préférée, mais tant pis. Ce n'était pas le moment de le contrarier.

– Je te le fais agrandir en 60 x 40. Tu auras ça vendredi prochain. Viens en

fin d'après-midi. Ton père l'accrochera dans sa chambre. Ce sera très joli.

Traffor avait un ton mielleux. Ça collait aux doigts. Hondo sentit son cou qui le grattait. C'était le signe que quelque chose d'anormal se passait.

– Bon, je ferme. À vendredi, mon garçon. Hé! Elles ont toujours été rouges tes baskets?

Hondo avait le cou qui le grattait de plus en plus. Dehors, il faisait déjà nuit. Hondo pensa à ces détails qui l'intriguaient. Il allait récapituler tout ça en marchant. Il renoua ses lacets.

Chapitre 3

Il était tard. Hondo était allongé dans son lit, un gros oreiller calé dans son dos. Il résistait au sommeil. La lampe de chevet était restée allumée. Il ne fallait pas s'endormir, sinon le cauchemar reviendrait. Mais ses paupières tombaient comme celles d'un gros baigneur. Hondo fixait le poster sur le mur. Depuis qu'il était sorti de la boutique, une ribambelle de questions tournait dans sa tête. Pourquoi Traffor n'avait-il pas voulu lui vendre les cartes postales ? Et surtout, pourquoi avait-il accepté, après lui avoir regardé les dents ?... *C'est bien ce que je pensais : tu as un appareil !...* Qu'est-ce que ça voulait dire ? Pourquoi lui avoir parlé de son appareil ?

Les points d'interrogation pesaient des tonnes. Hondo avait du mal à empêcher sa tête d'aller rouler par terre. Le poster devint flou. Son père n'était toujours pas rentré. Hondo essaya de se pincer pour se maintenir éveillé. Mais il ne sentait plus rien. Son corps était devenu une grosse guimauve caramel qui se mit soudain à glisser sur un long toboggan en plumes d'oie. Il glissait. Il glissait. On le tirait par les pieds vers le vide. Maintenant, il flottait dans l'espace comme un cosmonaute. Une violente lueur fonça sur lui. Hondo ne put l'éviter. Elle le télescopa. Des milliers de morceaux d'étoiles explosèrent sous le choc et retombèrent sur son front. Une fine pluie argentée. Comme une caresse. Hondo s'endormit. Et soudain sous ses paupières se glissa le cauchemar.

La fenêtre du deuxième étage est

ouverte. Hondo regarde. Dans la pièce deux hommes discutent. L'un est massif dans sa blouse grise, l'autre jeune en chemise blanche. Une voix sort d'un gros poste de radio. Une femme chante... *De l'autre côté de la rue, y a une fille, une belle fille...* Tout à coup, l'homme en blouse grise se jette sur le jeune homme. Les deux luttent devant la fenêtre, mais l'homme à la blouse grise est plus grand et plus fort. Soudain, il empoigne le jeune homme, le soulève du sol et le fait basculer par la fenêtre. Son corps tombe au ralenti dans le vide avec un long cri.

Hondo se réveilla en sursaut. Il se dressa sur son lit, couvert de sueur, la mâchoire en feu. Son appareil dentaire le brûlait. Les yeux grands ouverts dans l'obscurité, il vit la fenêtre encore éclairée sur le poster.

L'homme en blouse grise était là. Il fixait Hondo et le montrait du doigt. Hondo se sentit pris. L'homme l'avait vu ! À tâtons, il alluma sa lampe de chevet.

Pfft !

L'homme disparut aussitôt. Hondo se leva et alla examiner le poster. Il passa et repassa sa main sur le papier à l'emplacement de la fenêtre. Plus rien.

Hondo retira son appareil et se précipita dans la cuisine. Il ouvrit le réfrigérateur et mangea tout ce qu'il trouva, de haut en bas et de bas en haut : crème brûlée, yaourt, petit-suisse, un demi-pamplemousse, nounours en chocolat, saucisson, œuf dur, cuisse de poulet... À la fin, il ne restait plus que l'arme de service de son père dans le bac à légumes. Un jour, il l'avalerait tout cru.

Hondo tâta son ventre. Il était gros. Ça le rassurait. Lui tenait compagnie. Quand il était seul, chaque grosse peur lui creusait un grand trou qu'il fallait remplir, remplir, tout de suite. Sinon, il se disait qu'un jour la peur le mangerait tout entier. Et il n'existerait plus.

Ça devait être ça, un ogre : un petit garçon qui, une nuit, a une grosse peur. Personne n'est là pour le rassurer. Alors il mange, il mange, il mange! Il se fait

un gros ventre. Et toute sa vie il mangera pour oublier sa peur.

Hondo courut vomir dans les cabinets. Maintenant, ça allait mieux. Il se sentait soulagé, il pouvait réfléchir.

Hondo essaya de récapituler. Il aimait bien le verbe « récapituler ». Le mot ressemblait à un escalier et donnait l'impression que les choses étaient simples.

Donc : premièrement, il venait d'être témoin d'un meurtre et, deuxièmement, l'assassin l'avait vu !

Non, ce n'était pas si simple que ça, car cet assassin n'avait pas de visage dans son rêve. Donc, Hondo ne pourrait pas le reconnaître, même s'il le croisait dans la rue. Tandis que l'assassin, lui, savait maintenant qui était Hondo. Et si l'homme le recherchait, et le retrouvait ?

Du calme. Du calme.

Hondo prit un plan de Paris sur son étagère. Rue Gresset. H-8. Ce n'était pas très loin. L'assassin habitait certainement dans le quartier. Hondo frissonna. Et son père qui ne rentrait toujours pas ! Il ferait mieux de tout lui dire. Non, son père avait assez de soucis avec ses vraies enquêtes. Ce n'était pas la peine de l'ennuyer avec des histoires de cauchemar, de poster et d'assassin sans visage.

Il en parlerait à Édito et à Jo, ses deux copains. Demain c'était mercredi, le jour de la réunion du Club des Ruines.

Hondo ne remit pas son appareil. Il s'endormit. Une nuit sans rêve.

Chapitre 4

Édito était assis sur une grosse pierre en face de Hondo. Il consultait un petit calepin à couverture rouge. Édito était toujours en train d'écrire ou de feuilleter son calepin. Il voulait être journaliste plus tard. Journaliste d'investigation. À cause du mot « investigation ».

– Tu crois que Jo s'est encore perdu ?

Jo se perdait tout le temps et partout. Dans la rue, dans les magasins, pour aller à l'école, pour revenir des courses, et même au beau milieu d'une discussion... *Mais où est passé Jo ?...* On ne le cherchait même plus. On savait qu'il allait réapparaître... *Mais j'étais là ! J'étais pas loin !...* Et il reprenait la discussion là où il l'avait laissée.

– En plus, Hondo, il va bientôt faire nuit. D'ici à ce qu'il tombe dans le canal....

Édito imaginait déjà les titres en première page.

– Drame au bassin de la Villette : un jeune garçon disparaît dans les eaux noires et glacées !

Il faut dire que l'endroit en effrayait plus d'un, la nuit. Le club se réunissait à l'intérieur des ruines de l'entrepôt incendié. Un terrain vague en plein milieu de la ville. Le temps avait passé, un tilleul avait même poussé sur une butte de terre, pourtant on sentait encore l'odeur de cendre mouillée. Hondo se rappelait l'incendie. Surtout le bruit du feu. Le souffle et le craquement des flammes dans la charpente.

– Hondo, tu crois qu'il faudrait aller voir ?

– Mais j'étais là ! J'étais pas loin !

Jo apparut, la tignasse en broussaille et le blouson débraillé. On avait toujours l'impression qu'il venait de se lever et qu'il avait dormi tout habillé. *Il faudrait le passer au fer à vapeur, ce gosse !* disait sa mère. Jo regardait ailleurs, et disparaissait avec son immense atlas sous le bras. Jo ne s'en séparait jamais... *Normal ! C'est mon outil de travail !...* Son travail ? Explorateur au long cours. C'est comme ça qu'il disait.

– Messieurs, on commence. Je regarde à qui c'est le tour d'allumer.

Édito consulta son calepin. Les trois copains étaient assis en tailleur autour d'une pierre plate sur laquelle étaient posées trois bougies.

– C'est à toi, Jo.

Jo craqua une allumette et alluma la première bougie.

– Je déclare ouverte la... la combien, déjà ?

– 54e... Tu te souviens jamais !

– La 54e, merci, Édito, séance du Club des Ruines.

Jo prononça les paroles rituelles. Il fit l'appel des membres. Ils n'étaient que trois et ne seraient jamais que trois. Bien que ! Bien que... Juste un peu à l'écart, assise sous le tilleul, il y avait Faussette, la fille de la concierge de la Tour. On l'appelait comme ça, parce qu'elle avait plein de jolies fossettes, semées comme des sourires sur ses joues et son menton. Même ses yeux étaient deux grandes fossettes bleues.

Trop petite pour faire partie du club !

C'est ce que disaient les garçons. Alors elle attendait de grandir en dessinant sous le tilleul, un gros bouquet de crayons de couleur à la main. Elle mangeait des mandarines et dessinait Hondo en attendant de se marier avec lui. Hondo n'était pas au courant mais ça ne pressait pas. Jo posa la question de chaque début de séance.

– Y a-t-il un membre qui veuille inscrire une question prioritaire à l'ordre du jour ?

Cette phrase leur avait demandé de gros efforts de rédaction. Surtout, la conjugaison du verbe « vouloir ». Ils avaient dû regarder dans un livre de grammaire. Ça valait la peine. Maintenant, ils étaient très fiers de leur « veuille ». Hondo leva la main.

– Pas de question, Édito ? Bon, Hondo tu as la parole.

Alors Hondo raconta son rêve noir. Il raconta en détail. Presque une bougie entière. Jo le regardait fasciné. Édito notait tout fébrilement

– Ouah ! Cinq colonnes à la une : Le crime du poster !

– Je la connais la rue Gresset. Je me suis déjà perdu dedans.
– On devrait y aller pour enquêter. Jo et Hondo, qu'est-ce que vous en pensez ?
– Pas ce soir, moi j'ai la carte du voyage de Marco Polo à terminer. Et je me suis un peu perdu en Chine.

Jo avait toujours une carte à finir. Les trois firent silence. Signe de réflexion. Jo alluma la deuxième bougie. Édito se frictionnait le visage. Signe de déduction. Soudain, il tapa du poing dans sa paume. Signe de solution.

– Si j'ai bien compris, Hondo, c'est depuis que tu as ton appareil que tu vois ce qui se passe sur le poster.

Hondo n'avait pas fait le lien. Mais c'était vrai.

– Et quand tu le retires, plus rien n'apparaît.

Édito avait encore raison. Ça ne pouvait pas être de simples hallucinations causées par la douleur.

– Parfait ! Il y a quelque chose qui pourrait nous intéresser. C'était écrit dans le journal. Je l'ai noté.

Édito feuilletait son calepin très excité.

– C'est ça, Je l'ai retrouvé... Écoutez les gars !... Aux États-Unis, à Reno...
– Nevada ! Capitale Carson City !
– Exact, Jo ! Donc je disais, à Reno Nevada, capitale Carson City...
– Reno, c'est la capitale du divorce. En cinq minutes !
– Re-merci Jo. Je-disais-donc-que-je-disais qu'un chauffeur de camion, John Delmoor, était sur le point de devenir fou. Il entendait dans sa tête les programmes d'une station de radio locale.
– Moi, c'est la télé du voisin d'en dessous qui va me faire devenir fou.
– C'est possible Jo. Je continue. Donc, après examen, on s'aperçut que John Delmoor avait été trépané...
– Aïe, un trou dans le crâne ! J'aimerais pas !
– Pourtant Jo, c'est ce qui va t'arriver si tu continues à m'interrompre comme ça ! Donc, on l'a trépané et on lui a posé une plaque d'argent dans le crâne.
– C'est à Xutaha au Pérou qu'on trouve la plus grande mine d'argent du monde.
– Merci Jo ! Mais vous me demande-

rez : quel rapport entre les émissions de radio et la plaque d'argent dans le crâne de John Delmoor ?

Personne ne demandait rien. Hondo devenait silencieux quand le soir tombait et Jo restait perplexe. Est-ce que tout ce qu'on savait partait par le trou du crâne quand on était trépané ? Édito était déçu par le mutisme de ses copains. Il continua.

– Eh bien, c'est que la plaque d'argent faisait office de récepteur d'ondes hertziennes.

Hondo et Jo se regardèrent. C'était trop compliqué pour eux.

– Bref il avait une radio dans la tête, si vous préférez.

Ils préféraient.

– Ouah ! mieux qu'un walkman ! Mais tu es sûr Édito ?

– Jo... C'est écrit dans le journal !

Quand Édito prononçait cette formule, « C'est écrit dans le journal », inutile d'insister. Son corps se raidissait, son visage devenait grave et fermé. Une statue de l'île de Pâques, disait Jo. Mettre en doute ce qui est écrit dans le journal était la pire des offenses que l'on puisse faire à Édito. Ses deux copains s'en gardaient bien.

– Édito, tu veux dire que l'appareil dentaire de Hondo peut avoir les mêmes effets que la plaque en platine.

– Exactement, Jo !

– Alors, pourquoi il voit, en plus ?

Édito se mit à feuilleter son calepin sans le regarder. Signe d'embarras. Alors, pourquoi il voit, en plus ? Ce n'était même pas français, cette phrase. Il aurait pu gagner du temps en le faisant remarquer à Jo. Il renonça et se préparait déjà à utiliser une formule très pratique du genre « en l'état actuel des sciences, certains phénomènes restent inexpliqués », quand la deuxième bougie s'éteignit. Jo intervint.

– Pause !

Édito se sentit comme le boxeur sauvé par le gong. On sortit les gâteaux, sandwiches et boissons. On goûtait en silence, c'était la règle. Chacun partait un instant vers ses rêves.

Sous son tilleul, Faussette avait posé ses crayons, déroulé sa petite serviette à carreaux bleus et blancs, et mangeait son pain au lait en regardant Hondo.

– Fin de la pause !

Jo alluma la troisième bougie. Édito avait eu le temps de réfléchir et de trouver une réponse pas trop bancale à la question biscornue de Jo : Alors pourquoi il voit, en plus ?

– Cauchemars pirates !

Hondo et Jo se regardèrent interloqués. Cauchemars pirates ! Édito était content de sa trouvaille. À en juger par la mine de ses copains, la formule produisait son petit effet. Il en profita pour partir sur un long développement qui reprenait *in extenso* un exposé réalisé en classe la semaine dernière. Il avait eu 18 sur 20 !

– Le cauchemar pirate est un phénomène étrange. Vous savez que le sommeil comporte cinq phases ?

Hondo et Jo firent « oui oui » de la tête, mais Édito expliqua quand même.

– Le stade 1 correspond à l'endormissement, le 2 au sommeil léger, le 3 et 4 au sommeil lent profond...

Hondo et Jo commençaient à s'endormir.

– ... et le 5 au sommeil paradoxal. Ce

cycle se reproduit quatre fois par nuit, en gros... Ça va?

Ça allait à peu près.

– D'habitude, les cauchemars se produisent pendant la phase 2 ou 3. Là, pas de problème.

Facile à dire.

– Mais si le cauchemar se glisse dans le sommeil paradoxal. Alors là...

Édito jouait le suspens.

– Alors là, on affaire à un cauchemar pirate. C'est-à-dire un cauchemar pendant lequel celui qui rêve essaie d'intervenir sur ce qui se passe dans le cauchemar... Comme si c'était la réalité.

À ce moment, les yeux de Hondo et de Jo prirent une taille et un reflet inhabituels. Édito poussa son avantage.

– En plus, le cauchemar pirate est répétitif. C'est-à-dire qu'il revient parfois chaque nuit. Et chaque nuit, celui qui rêve tente de le modifier.

Édito parlait, parlait. Il ne restait plus qu'un centimètre de la troisième bougie. *Il faut conclure!* aurait dit le maître.

– C'est pourquoi, Hondo, te voilà acteur aujourd'hui d'un événement qui s'est déroulé dans le passé. C'est ça, un cauchemar pirate!

Le silence qui suivit ressemblait à des applaudissements. Il enveloppa toutes les ruines et le canal. Vraiment, Édito parlait bien. Les trois amis se regardèrent comme si un danger rôdait autour d'eux. Un cauchemar pirate! Une sorte de mauvais rêve avec un bandeau sur l'œil. Que faire maintenant? La flamme de la troisième bougie commençait à se noyer dans la cire comme une petite mouche noire dans du lait. Soudain, Édito frappa du poing dans sa paume.

– Fais attention, Hondo! Parce que si...

La flamme de la bougie s'éteignit. Il ne fallait plus prononcer un mot. C'était la règle. Pourtant, Édito aurait voulu prévenir Hondo. Ça pouvait être très dangereux, la « quatrième dimension ». Mais il faisait noir maintenant. On ne dit rien dans le noir. Hondo, Édito et Jo se séparèrent. Faussette suivit Hondo à distance. Ce soir, elle le dessinerait de dos. Sur une grande feuille blanche.

Chapitre 5

Hondo était monté chez Musique pour une leçon. Pas vraiment une leçon. Musique était « toute chose » en ce moment. « Toute chose » ça voulait dire qu'elle ne mangeait plus, qu'elle ne quittait plus sa robe de chambre japonaise, qu'elle ne lui préparait plus de madeleines chaudes, ni de sirop d'orgeat, et qu'elle ne l'écoutait pas quand il racontait son cauchemar. Bref, Musique était amoureuse.

Elle lui raconta. C'était une belle histoire, avec un amoureux inconnu, un pays lointain, du mystère et du danger. Hondo aimait que Musique raconte. Elle retrouvait son visage de porcelaine avec des yeux qui brillent profonds comme ceux de Faussette. Peut-être que Faussette aussi était amoureuse. Hondo redescendit chez lui et prépara le repas pour son père. Il alluma des bougies. Son père rentra tard.

– Qu'est-ce que c'était aujourd'hui, ta leçon ?

Le chagrin d'amour! Son père ne s'étonnait jamais de la façon dont Musique faisait la classe à Hondo. Le chagrin d'amour. Pourquoi pas. Hondo en parla bien. C'était l'essentiel. Le repas était bon. Du poulet thaï à la noix de coco. Juste sept minutes au four à micro-ondes. Pas difficile. Puis ils s'allongèrent par terre dans la chambre de Hondo, et son père lui raconta son enquête en buvant du thé à la menthe aux pignons. Son père alla se coucher. Ils n'osaient jamais s'embrasser vraiment. Hondo savait que son père lui écrirait une page d'une histoire qu'il déposerait sur son bureau pendant son sommeil. Peut-être que son père l'embrassait à ce moment-là. Peut-être.

Hondo regarda le poster sur le mur. « À nous deux, mon vieux ! » Hondo sortit de son armoire un magnétophone à cassette et une paire de jumelles. Il se coucha tout habillé. Même les baskets ! Si son père voyait ça... *Te voilà acteur aujourd'hui d'un événement qui s'est déroulé dans le passé...* Hondo avait bien compris ce qu'Édito avait dit. Acteur ! Ça voulait dire qu'il faudrait peut-être courir. Hondo avait fait un triple nœud à ses lacets. Pour être sûr. L'homme en blouse grise l'avait vu. Il l'avait désigné du doigt. Il ne le laisserait pas repartir sans rien faire. Tu ne peux plus reculer maintenant.

Hondo tira la couette jusque sous son menton. Le magnétophone était branché, la paire de jumelles posée sur son ventre et il tenait la poire de sa lampe de chevet dans sa main.

Déjà le sommeil montait. Il suffisait d'appuyer sur la poire de sa lampe de chevet. Et l'obscurité viendrait. Et le cauchemar. Et... la quatrième dimension ! Son corps s'engourdissait, l'image du poster devenait floue. Il entendait au loin une voix pâteuse... Fais attention, Hondo. Parce que si... Fais attention... Qu'est-ce qu'Édito avait voulu dire ? De quel danger voulait-il le prévenir ? Tu peux encore ôter ton appareil et tout s'arrêtera. Mais Hondo sentit son corps s'engloutir doucement dans un abîme de mousse. La couette pesait sur sa gorge comme une montagne de plume. Sa main était prisonnière d'un énorme gant de boxe rouge. Il appuya sur la poire. La lumière s'éteignit. Hondo s'endormit. Sur le poster, la fenêtre du deuxième étage s'éclaira. Une lueur blanche.

Le monde devint noir et blanc.

Le cauchemar se glissa dans le lit de Hondo.

Accoudé au balcon, Hondo regardait de l'autre côté de la rue de Gresset. Il faisait trop chaud pour dormir, cette nuit. Tout était d'un calme étrange. Figé comme sur une photographie. Tout à coup, une lumière s'alluma à la fenêtre ouverte du deuxième étage. Juste en face. Hondo pouvait voir un homme en blouse grise assis derrière une longue table sur laquelle était posée une grosse T.S.F. au milieu de piles de journaux.

L'homme en blouse grise découpait les pages en tout petits morceaux avec de grands ciseaux. Hondo distinguait même ses longues mains fines et son nœud papillon noir. Il avait prit les jumelles de son père. Des jumelles de marine. Il rentrait tard. Il ne s'en aper-

cevrait pas. On entendait faiblement une voix de femme qui chantait à la radio. Hondo reconnut Édith Piaf. De l'autre côté de la rue... Son père avait le disque. Il adorait cette chanson. Il courut à la salle à manger, alluma le poste et chercha la station. C'était sur Radio Luxembourg... *De l'autre côté de la rue. Y a une fille, une belle fille. Qu'a tout c' qu'on peut rêver et même le superflu. De l'autre côté de la rue...* Hondo chantonnait, mais s'arrêta net. Un homme venait d'entrer de l'autre côté de la rue, dans la pièce allumée du deuxième étage. Il était jeune et portait un complet-veston marron et un chapeau mou gris à ruban noir. Il ôta son chapeau et sa veste, et s'assit en face de l'homme en blouse grise. Un calepin posé sur les genoux il notait.

Les deux hommes discutèrent. On ne pouvait pas distinguer leur conversation. Ils n'avaient pas l'air d'accord. Mais pas du tout. L'homme en blouse grise faisait de grands gestes menaçants avec ses ciseaux. L'autre n'avait pas l'air effrayé. Il se leva prit son chapeau et sa veste et se dirigea tranquillement vers la porte. Alors l'homme en blouse grise se leva et d'un bond lui barra le passage. Il était plus grand et paraissait bien plus fort que l'homme jeune. Le cœur de Hondo battait vite. Il sentait que quelque chose allait se passer. Tout à coup, l'homme en blouse grise se jeta sur l'autre homme. Il lui avait saisi le cou et l'avait soulevé de terre. L'homme jeune lâcha son chapeau et sa veste. Trop tard. Maintenant, il ne parvenait pas à desserrer l'étreinte sur son cou. Les deux corps luttaient devant la fenêtre ouverte. Hondo aurait voulu hurler, prévenir, mais il avait l'impression que c'était lui qu'on étranglait. Aucun son ne sortait de sa gorge. Soudain l'homme en chemise blanche bascula par-dessus la rambarde. Hondo vit le corps de l'homme glisser dans le vide et tomber au ralenti, comme s'il s'accrochait au vide.

Hondo hurla. Un long cri qui traversa l'espace. L'homme en blouse grise leva la tête. Surpris. Il vit Hondo de l'autre côté de la rue.

– Hé, toi là-bas !

Hondo resta pétrifié. L'homme le désignait du doigt.

– Viens ici, mon garçon !

Il lui faisait signe avec un faux sourire. Hondo se sauva du balcon et referma la fenêtre. Il vit l'homme se précipiter et sortir de la pièce. Hondo sentait son cœur s'affoler... Respire ! Respire fort !... Essaye de réfléchir.... À la radio le speaker annonçait... *Au quatrième top, il sera exactement : vingt-deux heures zéro minute, zéro seconde....* Et son père qui ne rentrait pas ! *Chers auditeurs, veuillez écouter notre journal d'information de ce vendredi 15 février 1960...* Hondo vit l'homme en blouse grise qui débouchait en bas de chez lui. Il traversa la rue et entra dans l'immeuble de Hondo... Barricade-toi ! Il ne pourra pas entrer. Il peut enfoncer la porte, il est fort. Va chez la voisine du 6ᵉ. Monte sur le toit. Tu sais ouvrir le vasistas. Hondo noua les lacets de ses baskets. Un triple nœud. Il sortit sur le palier. Le pas de l'homme résonnait dans l'escalier. Il était déjà au deuxième. Hondo se pencha par-dessus la rampe. Il vit le crâne de l'homme. Il

commençait à se dégarnir. Un crâne pointu. Hondo courut jusqu'au 6e étage. Il sonna chez la voisine qui jouait de la musique. Du piano à cette heure! Répondez! Mais répondez! Elle est sourde, ma parole! L'homme au crâne pointu était à l'étage au-dessous. Hondo vit sa longue main fine sur la rampe et la grande paire de ciseaux qui dépassait de sa poche. Il vit son sourire, ses dents écartées et son nœud papillon noir qui bougeait.

– Viens! Mais viens mon garçon... N'aie pas peur...

Le vasistas! C'est ta seule chance. L'échelle de secours était fixée au mur. Hondo saute sur les barreaux et grimpe. L'homme surgit et tente d'attraper son pied, mais Hondo est plus vif. Il est déjà en haut. Il pousse sur la trappe du vasistas. Une fois sur le toit l'autre ne pourra jamais le rejoindre. Il entend son souffle. L'homme peine. Trop gros. Hondo se hisse sur le toit jusqu'à la taille. L'air est doux, presque parfumé. Il prend appui sur le zinc avec son pied droit. Il pousse, mais tout à coup il est tiré en arrière. L'homme a saisi sa basket. Il tire ! Il tire ! Il est fort. Hondo sait qu'il ne pourra pas résister. C'est fini ! Il se sent partir. Il crie. Il ne veut pas. Il voit l'homme saisir son immense paire de ciseaux.

Non ! Pas ça !
Hondo hurle.

Il se réveille en sursaut. Son père tient à la main sa basket rouge et blanche.
– J'ai dû couper les lacets pour te les retirer. Tu as vu les nœuds que tu avais faits.

Chapitre 6

Hondo avait convoqué une réunion exceptionnelle du Club des Ruines.

C'était possible « en cas d'impérieuse nécessité », disait le règlement. Et la nécessité était « impérieuse ». Il n'y avait pas plus impérieux : on voulait le tuer. Édito et Jo l'avaient écouté, fascinés. Maintenant, ils le regardaient mi-inquiets, mi-admiratifs, mi-envieux. Ce qui faisait au moins un tiers de trop. Peut-être même un demi. Mais ce n'était pas le moment de se poser des problèmes d'arithmétique.

Édito voyait déjà les titres des journaux.

– Menace de mort sur notre envoyé spécial ! C'est pas à moi que ça arriverait. Dommage ! Je vois d'ici la tête de ma mère !

– Moi, pauvre Jo, même si j'étais enlevé, torturé, découpé en morceaux et jeté aux tigres de Java, on croirait que je me suis perdu devant la boulangerie de la rue de Crimée. Alors à quoi ça sert de se décarcasser ?

Faussette, à l'écart sous son tilleul, trouvait que les garçons n'étaient pas sérieux. C'était grave ce qui arrivait à Hondo. Au prochain rêve, son père ne serait peut-être pas là pour le sauver en lui retirant ses jolies baskets rouges. Alors c'était simple. Il fallait aller rue Gresset retrouver l'homme à la blouse grise et lui dire d'arrêter d'embêter Hondo, sinon, ils iraient le dire à la police. Voilà, c'est tout ! Comme elle n'était pas membre du Club des Ruines, elle faisait ce qu'elle voulait. Alors Faussette rangea ses crayons de couleur dans sa trousse, tira sur ses socquettes blanches, se leva et partit.

Hondo, Édito et Jo la regardèrent s'en aller. Que faire ? On ne pouvait pas interrompre une séance du Club. Impensable. On ne pouvait pas non plus laisser Faussette se promener toute seule dans les rues. Surtout qu'on savait très bien où elle allait. Un vrai dilemme, aurait dit Édito. La première bougie n'avait même pas fini de brûler et le règlement interdisait... Justement Édito consultait fébrilement le règlement. Il y avait urgence. Soudain, il pointa l'index sur son calepin.

– Voilà ! « Article 7 : Les séances du Club des Ruines ne peuvent être interrompues avant la consumation totale de la deuxième bougie... »

« Consumation » ! encore une trouvaille d'Édito.

– « ... Sauf !... cas de force majeure : inondation, incendie, foudre »... et je vous en passe.

Édito avait raison. À l'unanimité, on classa Faussette « cas de force majeure » dans la catégorie « rayon de soleil, ciel bleu, chant de cigale... et-je-vous-en-passe ». Hondo prononça la suspension de séance. Il souffla la bougie et on se mit à courir à travers les ruines pour rattraper Faussette.

Elle était déjà sur la place Bitche à hauteur des cabines téléphoniques. Elle parlait à un monsieur à béret qui lui indiquait la direction de la rue de Flandres. De quoi il se mêlait, celui-là? C'était sûr maintenant, Faussette allait bien rue Gresset. C'était la deuxième à droite. Faussette marchait sur le trottoir d'un pas décidé. Elle passa devant la Maison Philanthropique.

Les trois aimaient beaucoup cette façade. Asile de nuit Femmes Fourneau Économique. Jo trouvait que ça ressemblait déjà à un voyage. Édito pensait à une grande enquête sur les sans-abri et Hondo revit le vieil homme qu'on avait trouvé gelé un matin d'hiver devant la porte.

Faussette!

C'est malin, elle avait disparu. Elle avait peut-être pris l'impasse Émélie *Prénom de la femme du propriétaire donateur*. Un homme avait donné le prénom de sa femme à une impasse! Vous vous rendez compte. Mais tais-toi, Jo! Où est-ce qu'elle est passée? Là! On eut

juste le temps de voir son bout de socquette blanche disparaître au coin de la rue.

Hondo, Édito et Jo se mirent à courir. Ils débouchèrent dans la rue Gresset et s'arrêtèrent net. Une vraie rue à se faire égorger. Sombre, étroite, déserte, le pavé luisant comme du serpent de marais. Ils auraient bien rebroussé chemin, avec une bonne centaine d'excuses valables, mais devant eux Faussette avançait gaillarde comme un petit clairon de fanfare. Il fallait la protéger. Ils la rejoignirent.

Elle s'était arrêtée devant une longue palissade de chantier. N° 3 c'était bien là. Hondo eut du mal à reconnaître son poster. Pourtant, le pignon de l'immeuble à côté avec ses moellons apparents était bien le même, et l'ombre de la cheminée aussi. Il regarda entre les planches disjointes. Il reconnut le petit muret, la grille de fer forgé et la porte par laquelle l'homme à la blouse grise était sorti pour traverser la rue. Hondo frissonna. Il se retourna. N° 4 *Hôtel meublé Gaz...* C'est de cet immeuble qu'il avait tout vu dans son cauchemar. Certainement du deuxième étage. Il y avait trois pots de fleurs accrochés à l'appui de la fenêtre.

– Édito ! Faussette a encore disparu !

– T'es sûr Jo, que c'est pas ta sœur ?

– Je voudrais bien Édito, comme ça on prendrait notre bain ensemble.

Édito haussa les épaules. Hondo trouvait cette remarque de Jo déplacée, vulgaire, impudique, grossière, et pour tout dire... obscène ! C'est ça, « obscène ». Rien de tel que le mot juste.

– Elle est passée par là !

Jo montrait une planche de la palissade qui basculait. Hondo sortit de sa rêverie. Un instant il avait eu l'impression qu'il allait revivre tout éveillé son cauchemar. Ils se retrouvèrent tous les trois de l'autre côté de la palissade. Plutôt rassurant. Personne ne pouvait les voir de la rue. Ils étaient au milieu des gravats d'un chantier. Faussette s'était glissée par le carreau cassé de la fenêtre du rez-de-chaussée et leur avait ouvert. Ils étaient dans une pièce obscure.

– Ça sent le moisi !

– T'as raison Jo, et si quelqu'un nous trouve ici, ça le sentira encore plus.

– Dis donc, Édito, tu veux être journaliste d'investigation, ou pas ?

Édito sentait la flamme de sa vocation vaciller. Hondo alluma une bougie. La vocation revint. Les yeux de Faussette brillaient dans un coin. Ils avancèrent. Les pièces du rez-de-chaussée étaient vides. On avait abattu des cloisons. Ils montèrent en tenant la rampe de l'escalier d'une main, et de l'autre : Hondo sa bougie, Édito son calepin, Jo son atlas et Faussette ses fossettes. Toujours à distance. Leurs ombres sur les murs ne les rassuraient pas vraiment. Chacun espérait que les autres n'entendaient pas son cœur battre dans sa poitrine. Pourtant, il en faisait un raffut! Ils allèrent directement au deuxième étage. Un couloir encore plus sombre. La chambre de l'homme à la blouse grise devait être au fond. Ils avancèrent en longeant le mur. Certainement cette porte. Hondo tourna doucement la poignée. Fermée à clef! Hondo promena la flamme de la bougie. Trois gros verrous.

– Laissez!

Édito avait déjà pris son élan et se jeta sur la porte avec un grand coup d'épaule. *Aïe! Aïe! Aïe!* C'est ce qu'on aurait certainement entendu si Faussette n'avait pas été là. Mais Édito retint son cri en se mordant un doigt. Il ne croirait jamais plus ce qu'il voyait au cinéma.

– Impossible de la forcer. C'est Fort Knox. Il faudrait de la nitroglycérine.

Jo était toujours partisan des grands moyens. Quelle poisse! Tout avait si bien marché jusque-là! Il fallait renoncer. On pouvait essayer de grimper par

la façade, Hondo était fort en escalade. Mais on risquait de se faire repérer. La flamme de la bougie faiblissait. Le silence était plein de petits bruits inquiétants. Tout à coup, un craquement derrière eux. Ils se figèrent. C'était tout proche. Juste de l'autre côté de la cloison. Quelqu'un marchait dans la chambre de l'homme à la blouse grise ! Hondo souffla la bougie. Au moins dans le noir, la trouille ne se voyait pas. Ils retinrent leur souffle. Le plancher grinçait. Les pas se déplaçaient en direction de la porte. Tout à coup, on entendit le bruit d'un verrou qu'on ouvre lentement. Celui du haut. Hondo revit la longue paire de ciseaux. Puis ce fut le verrou du bas. Il ne restait plus que la serrure. La clef commença à tourner à l'intérieur. Il fallait se sauver, courir, il était encore temps de lui échapper. Mais Faussette ! On ne pouvait pas l'abandonner comme ça. Tant pis ! On se jetterait sur lui, on le grifferait, on le mordrait. Dans le noir, on a notre chance. Tous ensemble ! D'accord ? L'effet de surprise ! Le mot était passé, sans qu'on ait eu rien à dire.

La clef s'immobilisa dans la serrure. La poignée tourna, la porte s'ouvrit doucement en grinçant. Tous ensemble !

Hondo, Édito et Jo se ruèrent. Une mêlée furieuse dans l'obscurité. Le trio cul par-dessus tête. Des rugissements de tigrons affamés. Il fallait mordre, pincer, griffer à qui mieux mieux. Ça y était, on le tenait ! Déception générale. Il était tout petit, sûrement chétif, avec une odeur de mandarine.

– Mais arrêtez, bande d'idiots !

– Faussette !

Un cri du cœur. Un cri à trois. Hondo alluma vite une bougie.

– Ho !

C'était bien le visage de Faussette. Plus une longue griffure en travers de la joue qui n'y était pas avant. Les trois se regardèrent. *C'est pas moi !... C'est pas moi !... C'est pas moi !* Faussette s'en moquait. Elle avait accepté les trois mouchoirs en papier et elle expliquait aux garçons comment elle était passée par l'autre pièce et la porte de communication. Simple.

– Hé, regardez !

Édito éclaira un mur de la chambre

entièrement tapissé de journaux jaunis.
– C'est comme tu avais dit Hondo... Vous avez vu les dates?... 15 février 1960...

Hondo et Jo approchèrent leurs bougies. Ils parcoururent la pièce comme des archéologues.
– Encore mieux que les grottes de Lascaux! Lascaux : magdalénien, 13 000 ans avant Jésus-Christ.
– T'as raison Jo. Ici, c'est la trace d'un homme ayant vécu il y a trente-cinq ans! Tu te rends compte! Trente-cinq ans! Une éternité.

Faussette avait posé sa bougie sur le parquet entre ses jambes et dessinait les grandes ombres qui se promenaient sur les murs et le plafond.
– Venez voir ça! Je crois que j'ai trouvé!

On convergea vers la trouvaille de Jo. Il éclairait une page de journal. Un gros titre : *Assassinat d'un reporter.* En dessous, la photo d'un homme. Hondo reconnut le visage de celui qui avait basculé par la fenêtre. Sa fine moustache et son nez pointu. Édito fit la lecture.

– Écoutez : ce matin au 3 de la rue Gresset à Paris, dans le XIXe arrondissement, on a trouvé le corps sans vie de Robert Notec âgé de vingt-neuf ans, journaliste reporter indépendant. Robert Notec enquêtait actuellement sur un important trafic d'ivoire entre la Rhodésie et l'Europe.
– Je connais cette histoire.
– Comment tu connais ça, Jo ?
– La Rhodésie, c'est l'ancien nom du Zimbabwe, là où je suis né. C'est le pays

des éléphants. Mon père m'a parlé d'un réseau de trafiquants, dont le chef était à Paris. On ne l'a jamais arrêté. Il a disparu.

– C'est bizarre un trafic avec la France, c'est plutôt avec l'Asie d'habitude. C'est là-bas qu'on travaille l'ivoire.

– Tu as raison Édito, c'est ce que disait mon père. Et on a jamais su à quoi servait cet ivoire.

– Qu'est-ce que tu en penses Hondo ?

Hondo réfléchissait à la question d'Édito. Le mystère de son cauchemar était élucidé. L'homme à la blouse grise qui avait tué ce reporter était certainement le responsable de ce trafic d'ivoire. Édito inventa un nouveau titre sensationnel.

– Le rêve était la réalité ! Tu crois qu'on n'arriverait pas à vendre une histoire pareille aux journaux, Hondo ?

Pas à vendre !... Hondo entendit la parole de Traffor dans sa boutique. Il revit les petits animaux en ivoire dans la vitrine. Il pensa aux longs ciseaux de Traffor, à son crâne pointu. Et cette question étrange qu'il lui avait posée : *Elles ont toujours été rouges tes baskets ?*

Maintenant Hondo comprenait. Si Traffor était l'homme de son cauchemar, il n'avait pu voir la vraie couleur de ses baskets, parce que son cauchemar était toujours en noir et blanc. Impossible de parler de ça à ses copains. Trop dangereux. Il réglerait cette histoire tout seul.

Faussette dessina un Hondo transparent. Elle voyait tout ce qui se passait à l'intérieur. Elle rangea ses crayons et ses feuilles, prit sa bougie et sortit. Édito et Jo suivirent. C'est vrai, il n'y avait plus rien à faire ici. On pouvait venir et il rôdait vraiment trop de choses dans cette pièce. Hondo resta seul. Il s'approcha de la fenêtre. La vitre était sale, il l'essuya. Il eut soudain l'impression d'être de l'autre côté de la rue. La fenêtre aux trois pots de fleurs vides. C'est de là qu'il avait tout vu dans son cauchemar. Hondo resta immobile. Qui habitait là ? Qui était cet enfant qui regardait par la fenêtre, il y a trente-cinq ans. Hondo avait l'impression que le vrai mystère était là... de l'autre côté de la rue.

– Hondo, viens vite ! Faussette a encore disparu. Elle est entrée dans l'immeuble d'en face !

Hondo suivit Édito. Jo attendait déjà devant le n° 4 *Hôtel meublé Gaz*. Il montrait la porte.

– Faussette est encore dedans. Elle est pire qu'un road runner australien, cette fille. Même Bip Bip pourrait pas la rattraper !

Il fallait pourtant aller la chercher. Ils entrèrent. Le hall d'accueil était encore plus lugubre que le pavé de la rue. Faussette était là, tranquille, une chupetta à la bouche. Elle discutait avec une vieille femme en robe à fleurs assise derrière le comptoir de la réception.

– Avancez, mes garçons ! C'est vous les petits camarades de Faussette ? C'est bien de faire une enquête sur l'histoire du quartier. On dit que les jeunes ne s'intéressent pas au passé. C'est pas vrai.

Édito sortit son calepin. Ça faisait plus enquête.

– Je disais à votre petite amie que je me souviens très bien de cet horrible assassinat, juste en face. Ça avait fait un de ces tintouins ! Dame, c'est pas tous les jours...

Hondo, Édito et Jo auraient volontiers accepté une sucette eux aussi. Le bocal était bien en évidence sur le comptoir, mais la dame était tout occupée par son récit.

– Par contre, j'ai pas une bonne souvenance des locataires de l'époque.

Faussette avait déjà posé les bonnes questions.

– Y a eu une cavalcade dans l'escalier, ça je m'en souviens. C'est moi qui faisais la nuit. Au deuxième gauche, il semble me souvenir que c'était un homme seul avec son petit garçon. L'homme on le voyait pas, il travaillait tard. Et le garçon sortait la nuit. Pourtant il était pas plus grand que vous autres.

La vieille dame à robe à fleurs s'arrêta et regarda longuement Hondo.

– C'est ça... c'est ça... Le garçon était un peu de ta taille. Mais ils sont partis... Tiens, c'est vrai ! ils sont partis juste après cette histoire. Le lendemain. Faut dire que ça nous a fait du tort. Les gens aiment être tranquilles. Le garçon a longtemps envoyé des cartes postales au professeur de piano qui habitait au 6e. Elle aussi est partie. Elle était sourde ! Pour un professeur de piano, c'est pas banal ! Les cartes venaient d'Amérique. Je me souviens plus de la ville d'où elles venaient.

Hondo était certain que c'était de La Nouvelle-Orléans. Comme celles qu'il recevait.

– Voilà, les enfants, c'est tout ce que je sais. Il faut que j'y aille. J'ai de l'ouvrage. Je suis toute seule maintenant. Mais revenez quand vous voulez. Je vous raconterai d'autres histoires. Ça en a de la mémoire, les vieilles maisons.

Hondo, Édito et Jo se retrouvèrent dans la rue Gresset. La nuit était tombée. Faussette était déjà devant.

– Regardez !

Édito montrait au n° 3 la fenêtre du deuxième étage de la maison basse. La lueur d'une lampe électrique passa sur la vitre. Quelqu'un cherchait dans la chambre aux journaux jaunis. Hondo savait de qui il s'agissait.

Demain, il irait chez Traffor chercher le poster pour son père. Il ne dirait rien à ses copains. Ça devenait trop dangereux. Et cette histoire, c'était la sienne. De plus en plus.

Chapitre 7

Hondo rentra chez lui. Il accrocha l'île-au-palmier-solitaire à la poignée de sa porte de chambre. Un petit panneau qui voulait dire qu'il avait besoin d'être seul et de réfléchir. Son père comprendrait.

Réfléchir ! Hondo se mit pieds nus et commença à marcher à travers la pièce en fixant le sol. Il aimait être comme la panthère noire du zoo dans sa cage de fer. Il tournait, tournait, tournait, et tout à coup les barreaux de la cage tombaient et il comprenait.

Hondo tourna et les barreaux tombèrent.

Ce qu'il venait de comprendre était effrayant.

Récapitule, Hondo. Récapitule! L'homme à la blouse grise, c'était monsieur Traffor. C'était lui qui avait poussé le journaliste par la fenêtre. Comment il s'appelait déjà? Notec! C'est ça, Robert Notec. Il enquêtait sur un trafic d'ivoire. Traffor était le chef, Notec avait tout découvert. Il voulait tout révéler. Traffor l'a tué. Et toi, Hondo, tu dois aller demain chercher le poster chez Traffor. Tu ferais mieux de tout dire à ton père. C'est son métier. Non, il ne faut pas l'embêter avec cette histoire. Il a assez de soucis.

Chaque soir, quand son père rentrait, Hondo trouvait sur son visage une nouvelle petite ride. La dernière s'était creusée juste au milieu des sourcils et lui donnait l'air triste. Hondo ne voulait pas en ajouter d'autres.

C'était décidé, demain il irait chercher le poster chez Traffor. Seul. Cette nuit, il dormirait sans son appareil, pour que le cauchemar ne revienne pas. Il devait s'endormir maintenant.

Hondo essaya tous les trucs qu'il connaissait, même celui des mille grains de sable. Mais le sommeil ne venait pas. Tard dans la nuit, il entendit le bruit de la feuille de papier que son père glissait sous la porte. Hondo lut. C'était l'histoire des deux horloges de l'église Saint-Christophe-Saint-Jacques qu'il voyait de sa fenêtre. Elles n'indiquaient pas la même heure. Trois minutes de décalage. On pouvait par exemple entrer dans l'église à midi à une pendule et en ressortir à midi à l'autre pendule. Cela voulait dire que tout ce qu'on avait fait pendant ces trois minutes n'existait pas.

Un trou de mémoire.

Hondo vit les deux aiguilles géantes qui le poursuivaient sur le cadran comme une grande paire de ciseaux voraces. Elles allaient le couper en deux quand il tomba dans l'orifice de la clef qui sert à remonter la pendule. Un long gouffre empli de sable noir. Hondo s'endormit.

Il se réveilla tard. Le reste de la journée, Hondo ne pensa qu'à son rendez-vous chez Traffor. Il récapitula tout ce qu'il avait compris. Maintenant c'était clair. L'heure vint. Il fallait y aller. En route !

La devanture de la boutique lui parut encore plus inquiétante que la première fois. Hondo remarqua que les journaux jaunis qui recouvraient la vitrine étaient du 15 février 1960. Le jour de l'assassinat du journaliste. Dans l'avenue Laumière, la nuit était presque tombée... *Hondo n'a pas peur! Il est un fier guerrier Yuruba...* Hondo respira fort et poussa la porte de la boutique. Cling-Dong! Il sursauta. Il avait encore oublié le carillon de la porte!

– Ha! Tu es ponctuel, mon garçon. C'est une qualité rare de nos jours.

Traffor avait surgi de derrière le comptoir. Toujours la même blouse grise, et ces lunettes dont les verres se relevaient comme une visière de casquette. Un visage inquiétant.

– Les gens croient pouvoir disposer du temps à leur guise, mais c'est le temps, qui est leur maître!

Traffor faisait tourner les ciseaux autour de son index. Ses yeux brillaient étrangement.

– C'est prêt!

Comme un prestidigitateur, il fit apparaître le poster encadré en sous-verre et le posa sur le comptoir.

– Qu'est-ce que tu en penses?

Sur l'image, l'entrepôt semblait sur le point de s'enflammer. Hondo sentit soudain son appareil se resserrer. Le fil d'acier vibra sur ses dents. La douleur courait le long de sa mâchoire. Il transpirait. Hondo aurait voulu hurler.

– Tu ne te sens pas bien, mon garçon. Tu veux un peu d'eau fraîche sur le visage.

Hondo regardait l'Armoire aux Merveilles. Il eut l'impression que les animaux s'agitaient comme quand le lion rôde près de la rivière. Ils voulaient le prévenir d'un danger. Hondo aurait voulu bouger, sortir de la boutique, se sauver, mais il se sentait paralysé par une force invisible.

– Un peu d'eau sur le visage ?

La voix de Traffor sifflait comme celle d'un long serpent gris.

– Viens ! Viens de ce côté, mon garçon.

Traffor montrait un rideau noir qui devait donner dans l'arrière-boutique. Hondo sentait qu'il ne fallait pas aller par là. Mais il avait besoin d'un peu de fraîcheur, pour apaiser ce feu qui lui brûlait le visage. Juste un peu d'eau. Après, il rentrerait chez lui et dirait tout à son père. Hondo avançait comme un somnambule vers le rideau noir. Traffor souriait. Les animaux d'ivoire s'agitaient de plus en plus dans l'Armoire aux Merveilles.

– Qu'est-ce que vous avez mes mignons ?

Traffor s'était accroupi devant la vitrine. Il fixait le petit éléphant à l'anneau d'argent.

– Toi, tu m'en veux encore, hein ? Ha ! si tu pouvais sortir de là et m'écraser. Tu le ferais avec plaisir. Mais tu es mon prisonnier, et tu le resteras !

Traffor se retourna vers Hondo. Son visage semblait moins mauvais.

– Tu vois mon garçon, les éléphants

n'oublient jamais rien. Et ils vivent centenaires ! Celui-là m'en veut à mort parce que j'ai tué son père et sa mère, pour prendre leurs défenses d'ivoire. Mais qu'est-ce que je pouvais faire ?

Traffor avait saisi Hondo par les épaules et le secouait comme pour le réveiller. Mais Hondo sentait son corps s'engourdir encore plus.

– Qu'est-ce que je pouvais faire ? J'avais besoin de cet ivoire pour mes expériences. L'ivoire des éléphants, c'est la mémoire ! On dit « avoir une mémoire d'éléphant ». C'est vrai ! Ils vivent plus de cent ans, mais n'oublient jamais le visage d'un chasseur. Les guerriers pygmées disent que toute leur mémoire est concentrée dans l'ivoire de leurs défenses. Celui qui possède une telle mémoire tient dans sa main toute l'histoire du monde. Tu comprends ?

Les yeux de Traffor brûlaient derrière ses lunettes. Hondo n'avait même plus la force d'avoir peur.

– Je vais t'expliquer. Je peux te révéler mon secret maintenant, puisque tu vas passer de l'autre côté du rideau noir.

Traffor souriait comme un ogre.

– Tu as déjà compris plein de choses. Je vous ai vus hier soir, toi et tes amis, rue Gresset. Je suis venu dans la chambre avec ma lampe électrique. Je te guettais. Cette nuit-là, je croyais pouvoir me débarrasser de toi. Mais tu n'es pas venu. Tu n'as pas fait de cauchemar. Dommage, cette fois, je ne t'aurais pas laissé t'échapper sur le toit.

Hondo revit l'homme qui le saisissait par les pieds.

– Tu m'auras fait courir, mon garçon. Alors je te dois bien une confidence. Touche !

Traffor avait retourné le poster et saisi le poignet de Hondo. Il l'obligea à passer la paume de sa main sur l'envers du poster. Hondo se souvint. C'était la même impression rugueuse sur la peau et surtout la même odeur âcre que le poster de sa chambre.

– Ce que tu sens, c'est de la mémoire ! Des milliers et des milliers de grains de poussière d'ivoire que j'ai mélangés à la pâte du papier.

Hondo se souvint de Traffor qui broyait cette poudre blanche avec son pilon d'onyx.

– C'est ça, mon secret! Tu veux le connaître? Tu veux savoir comment on vole la mémoire?

Hondo ne voulait que partir. Partir...

– D'abord, je fabrique une pâte à papier avec de la colle que je mélange avec des journaux. Attention! Pas n'importe quels journaux! Seulement les journaux du jour de l'événement qui m'intéressent!

La date du 15 février 1960 volait devant les yeux de Hondo. Mais ses paupières devenaient trop lourdes. Il revoyait Traffor découpant des pages de journaux en petits morceaux.

– Quand j'ai fini de mélanger ma pâte à papier... Et c'est là, le secret!... J'ajoute ces minuscules grains d'ivoire.

Traffor puisait de la poudre blanche dans le creuset d'onyx et la faisait couler entre ses doigts.

– L'ivoire va emprisonner la mémoire de l'image. Je capture la mémoire. Je la vole, pour toujours! Tu comprends, mon garçon?

C'était trop tard. Plus rien n'entrait dans le crâne de Hondo. Que des éclairs douloureux.

– Grâce à moi, l'image va garder la mémoire de l'événement qu'elle représente. Je te donne un exemple qui va t'intéresser. Il y a trente-quatre ans, il y a eu un mort, 3, rue Gresset. C'était la première enquête d'un jeune policier : l'inspecteur Lomron.

Hondo crut reconnaître au loin le nom de son père.

– Mais il n'a rien trouvé. C'est pour ça qu'il t'a offert ce poster. C'est un souvenir pour lui. Grâce à moi, et à mon petit secret, le poster de la rue Gresset s'en souvient aussi.

Hondo aurait voulu que son père entre dans la boutique avec un énorme pistolet qu'il aurait trouvé dans le bac à légumes du réfrigérateur. Mais Traffor continuait.

– Tu vois, tout allait bien depuis trente-quatre ans. Tout dormait. Mais on t'a posé cet appareil dans la bouche. Et il t'a fait entrer dans le cauchemar. Tu as crié ! Tu as voulu changer l'histoire. Tu as osé toucher à la mémoire ! Alors le poster s'est vengé !

La voix de Traffor tonnait. Hondo eut peur. Il se tourna vers l'Armoire aux

Merveilles pour chercher de l'aide. Le petit éléphant à l'anneau d'argent avait le front buté contre la vitre.

– Regarde-le ! Comme il aimerait foncer sur moi. Quel ingrat ! Sans moi, il n'existerait pas. C'est moi qui l'ai sculpté de mes propres mains.

Les mains de Traffor étaient devenues énormes et noueuses. Elles poussèrent Hondo dans le dos. Il allait passer de l'autre côté du rideau noir. Tout à coup, Hondo vit le petit éléphant à l'anneau d'argent foncer droit vers la vitre. Furieux, il frappa de la trompe contre le carreau. L'anneau d'argent cogna et cogna. Cling-Dong !

– Qu'est-ce que tu veux, toi ?

Faussette regardait ce drôle d'homme au crâne pointu. Elle tourna sa chupetta dans sa bouche. L'homme n'avait pas l'air content. Mais pas du tout. Il parlait fort.

– Alors, qu'est-ce que tu veux ?

Faussette ne répondait jamais aux gens qui lui parlaient en faisant la grosse voix. Elle s'approcha de Hondo et lui prit la main. Elle regardait l'homme au crâne pointu dans les yeux

en continuant de tourner sa chupetta dans sa bouche. Elle souriait. Pleine de fossettes partout. Hondo eut l'impression de s'éveiller d'un autre cauchemar. Il sentit une odeur de mandarine. Faussette ne devait pas être loin.

– Alors toi, tu le prends !

Traffor regardait Hondo l'air furieux. Il lui avait mis le poster encadré dans les bras. Hondo chercha son argent dans sa poche.

– Ça va, je te l'offre.

La fureur des yeux n'allait pas avec le cadeau. Faussette lui donna un coup de coude. Hondo paya.

– Accroche-le bien dans la chambre de ton père, surtout.

Traffor avait retrouvé ce méchant petit sourire qui écartait ses dents. Hondo et Faussette sortirent de la boutique. Hondo eut l'impression que le petit éléphant à l'anneau d'argent l'appelait au secours. Hondo se promit de revenir le chercher.

Sur le trottoir, devant la boutique, Édito et Jo attendaient.

– Encore une minute et on intervenait.

Chapitre 8

Le méchant petit sourire de Traffor poursuivait Hondo. Pourquoi est-ce qu'il avait l'air si content de lui ? Hondo ne se souvenait plus de ce qui s'était passé dans la boutique. Sa mémoire était tombée dans un grand trou. Il ne se souvenait que de l'odeur de mandarine. Et aussi que Faussette lui avait pris la main. Ça, il n'en était pas très sûr. On n'est jamais certain de ces choses-là, même quand on est grand.

Le soir il prépara le repas pour son père. Un maffé, très très pimenté. Lui aussi aimait. La table serait comme d'habitude, la serviette, les bougies comme d'habitude, le dessert comme d'habitude, et plein d'autres petits détails comme d'habitude. C'est comme ça que les surprises sont des vraies surprises. C'est difficile d'imiter « comme d'habitude » quand on a son cadeau qui vous démange jusque dans les yeux. Hondo avait emballé le poster dans un papier noir, avec un ruban rouge sans trop de frisettes. Il avait caché le paquet derrière la banquette. Et tout à coup, comme si de rien n'était... *Tiens c'est pour toi !* Son père avait eu de la lumière sur son visage. Et toutes les petites rides de soucis avaient disparu. Il avait pris plein de précautions pour défaire son paquet, alors que Hondo aurait voulu qu'il se dépêche, déchire le papier, arrache le ruban et les frisettes. Il était trop patient son père.

– Il est très beau.

Son père savait bien faire les petites phrases. Pourtant c'était dur, les petites phrases. Hondo avait l'impression que s'il parlait, il parlerait beaucoup. Trop.

Alors autant ne rien dire. Son père accrocha tout de suite le poster dans sa chambre. Un clou, des coups de marteau et le voisin du dessus qui répond. C'est bête un voisin, ça croit qu'on lui parle.

Puis, ils sont restés à contempler le poster. Sur l'image, l'entrepôt semblait bien planté au bord du canal, solide et pourtant si triste. On aurait dit qu'il avait peur. Hondo et son père le laissèrent dans l'obscurité, pour aller manger les crèmes brûlées qui attendaient sur la table. La nuit avançait. Une nuit d'orage. Le vent soufflait. Ils s'allongèrent chez Hondo. Son père lui lut une page. L'histoire du petit éléphant abandonné dans le parc des Buttes-Chaumont. Hondo sentit l'odeur âcre de l'ivoire. Il était tard. Ils allèrent se coucher.

L'odeur âcre poursuivait Hondo, et le sourire étrange de Traffor flottait dans la pièce... *Accroche-le bien dans la chambre de ton père, surtout...* La voix de Traffor tonnait, son appareil vibrait sur ses dents. Hondo s'assoupissait... Des phrases tournaient dans sa tête... *Mais tu n'es pas venu. Tu n'as pas fait de cauchemar...* Ne t'endors pas, Hondo. Ne t'endors pas ! Mais tout se rétrécissait sous ses paupières. Il ne restait plus que des mots qui flottaient seuls... Mémoire.... Ivoire.... Secret... Cling-Clong !... Hondo se dressa sur son lit. Une branche venait de cogner sur la vitre. Le vent sifflait. Hondo revit le petit éléphant d'ivoire.... *Tu ne peux rien tu es mon prisonnier !* Hondo se libéra. Il revit la boutique. Traffor qui le tenait

par les épaules. La poussière d'ivoire! Le grain du papier. La voix de Traffor. Tout à coup, tout revint comme un puzzle dont on vient de placer la dernière pièce. *Tu as osé toucher à la mémoire! Alors le poster s'est vengé!...*

Hondo se jeta hors de sa chambre. Il avait compris. Traffor lui avait vendu un de ces posters qui gardent la mémoire des événements! L'entrepôt qu'il avait offert à son père...

C'était celui qui avait brûlé le 27 février 1989!

Il entra chez son père. Une violente lueur rouge courait déjà sur les murs. Son père dormait. Hondo essaya de le réveiller. Il avait pris des médicaments bleus et jaunes. Impossible. Hondo regarda le poster sur le mur. L'entrepôt prenait feu! Déjà d'énormes flammes jaillissaient en silence des fenêtres du premier étage. Hondo voulut tirer son père hors du lit. Trop lourd. Il restait fasciné par le feu. Bouge Hondo! Bouge! Sinon c'est toute la chambre qui va s'enflammer... Mais Hondo se retrouvait paralysé comme si Traffor le tenait par les épaules. La fumée envahissait la pièce. Hondo toussait. Ses yeux pleuraient, sa gorge le brûlait. Son appareil meurtrissait ses gencives. Il allait mourir ici avec son père. Tout ça à cause de son cadeau !

Son appareil ! C'était lui le responsable ! Hondo arracha le fil d'acier et le jeta contre le poster. La vitre se brisa. Il y eut un grand souffle, une énorme aspiration. La fumée fut absorbée par les fenêtres de l'entrepôt. Les flammes disparurent soudain. Tout à coup, un étrange calme s'installa dans la chambre. Son père ronflait avec un bruit de grosse moto-pompe. Hondo regarda l'entrepôt sur le poster. Il avait l'air enfin apaisé. Comme les choses étaient allées vite ! Il ramassa le fil d'acier de son appareil. Son père dormait en ronflant doucement. Hondo sourit et sortit de la chambre. Dehors, l'orage avait cessé.

Hondo alla se recoucher et dormit sans voir revenir le cauchemar.

Au matin, quand Hondo sortit de chez lui, il trouva assoupi devant sa porte le petit éléphant à l'anneau d'argent. Ses pattes étaient tachées de sang. Hondo eut l'impression qu'un drame venait d'arriver.

Il courut jusqu'au magasin de Traffor. Devant la boutique, il y avait un attroupement. Les pompiers, une ambulance et une voiture de police. Le girophare tournait. Deux infirmiers sortaient en portant un brancard recouvert d'un drap blanc. Un bras pendait. Hondo reconnut la main énorme et noueuse de Traffor. La foule chuchotait... *Il a été écrasé par des piles de livres.*

Il est mort étouffé. Paraitraît que la boutique est complètement dévastée... Hondo se faufila. Édito avec son carnet rouge à la main et Jo son atlas sous le bras étaient au premier rang. Faussette un peu à l'écart avec ses fossettes. Un gros inspecteur s'épongeait le front. Il parla à un agent.

– C'est incroyable. J'ai jamais vu un type dans un tel état. On aurait dit qu'un éléphant furieux lui était passé sur le corps. Il n'avait plus de visage. Pfft ! Effacé....

Hondo, Édito et Jo se regardèrent en silence. Tout était fini. Il n'y avait plus rien à faire ici. À la prochaine réunion du Club des Ruines on se raconterait. Ils se firent un signe secret et s'éloignèrent. Faussette les suivit à distance. Soudain Hondo s'arrêta, et alla vers elle.

– Tiens !

Il tendit la main et l'ouvrit. Faussette prit le petit éléphant à l'anneau d'argent et le mit à son cou.

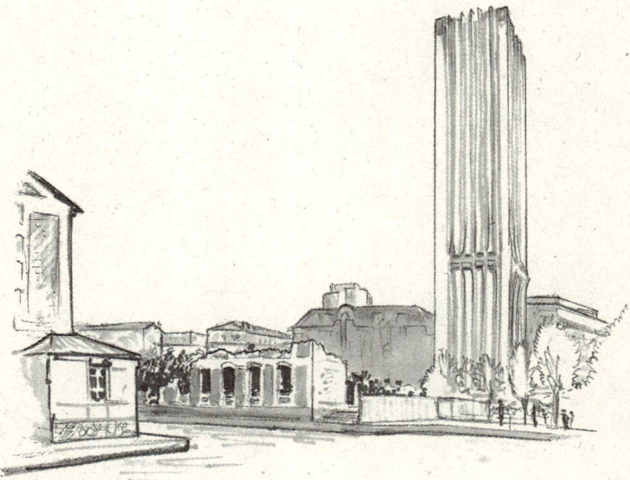

Castor Poche

Des livres pour toutes les envies de lire,
envie de rire, de frissonner,
envie de partir loin
ou de se pelotonner dans un coin.

Des livres pour ceux qui dévorent.
Des livres pour ceux qui grignotent.
Des livres pour ceux qui croient ne pas aimer lire.
Des livres pour ouvrir l'appétit de lire et de grandir.

Castor Poche rassemble des textes du monde entier ; des récits qui parlent de vous mais aussi d'ailleurs, de pays lointains ou plus proches, de cultures différentes ; des romans, des récits, des témoignages, des documents écrits avec passion par des auteurs qui aiment la vie, qui défendent et respectent les différences. Des livres qui abordent les questions que vous vous posez.

Les auteurs, les illustrateurs, les traducteurs vous invitent à communiquer, à correspondre avec eux.

Castor Poche
Atelier du Père Castor
4, rue Casimir-Delavigne
75006 PARIS

Castor Poche, des livres pour toutes les envies de lire: pour ceux qui aiment frissonner, les romans policiers, résoudre des énigmes, voici une sélection de romans palpitants.

791 **Mon père est un gangster** **Junior**

par Sophie Rigal

Arnaud n'en revient pas : il a trouvé une valise pleine de billets dans le bureau de son père. Les découvertes se succèdent : un pistolet et une cagoule cachés à la cave, une photo de policiers entourant son père... tout concorde ! Pas de doute : il est le fils d'un malfaiteur ! Que faire quand on est persuadé que son père est un gangster ?

790 **L'affaire du rubis** **Senior**

par Jacqueline Mirande

Paris, 1802. Maître Eloi est songeur. Un étrange voyageur vient de lui demander de faire la copie d'un magnifique rubis. Or Eloi connaît bien cette pierre exceptionnelle : il l'avait lui-même taillée, avant la Révolution, pour la femme qu'il aimait. Que s'est-il passé durant toutes ces années ? Pour démêler cette affaire, Eloi ne sait pas encore qu'il sera secondé par ses deux jeunes apprentis, Clémentine et Titus, qui ont tout observé.

789 **Rue des vautours** **Senior**

par Claire Mazard

Julien est dans l'impasse ; depuis qu'il s'est fait agresser par trois voyous dans la rue, il doit se soumettre à un odieux chantage et commettre des vols. Les racketteurs sont de vrais vautours : cassettes vidéos, champagne, et maintenant blousons en cuir ! Terrorisé, Julien n'en parle à personne. Que faire ? Continuer à voler ? Se transformer en vautour à son tour ?

787 **Le secret du fétiche** **Senior**

par Amélie Cantin

Johanne, antiquaire, a été agressée dans sa boutique ! Pourtant il semble que rien n'a été volé, comme elle le déclare à sa nièce, Léa, et Jérome, son nouvel ami. Le seul indice est un petit fétiche qui gît à terre, brisé. Est-ce qu'il contenait quelque chose de précieux ? Jérome et Léa, lancés dans une enquête riche en surprises, ne sont pas au bout de leurs frayeurs...

786 **La vengeance du samouraï** **Senior**

par D. & T. Hobbler

Seikei rêve de devenir samouraï. Mais dans le Japon du XVIIIe siècle, on « naît » samouraï, on ne la « devient » pas. Sauf quand le hasard s'en mêle : une pierre d'une grande valeur est dérobée à un seigneur samouraï, dans une auberge où séjournent Seikei et son père. Témoin du vol, Seikei découvre cet univers qu'il admire, où la vengeance est un plat qui se mange... très froid !

785 **On a kidnappé Aïssé Binamé !** **Junior**

par Freddy Woets

Aïssé Binamé vient d'être kidnappée ! Mais la « bande des 4-moins-une » ne va pas se laisser faire ! Luigi, Samy et Moktar mènent l'enquête, avec l'aide d'Ambroise Binamé, la star de l'équipe nationale de football. Quelle équipe ! De toutes façons, avec ou sans eux, Aïssé est bien décidée à s'échapper !

784 **Les dents de la mine** **Junior**

par Freddy Woets

Luigi a trouvé les plans d'une mine à l'abandon. Quoi de plus passionnant à explorer que tous ces couloirs souterrains ? Sauf quand les piles de la lampe de poche s'épuisent ! Luigi, Samy et Moktar essaient de ne pas paniquer, mais c'est surtout Aïssé, la plus jeune de la « bande des 4 », qui va faire preuve d'un sacré courage !

724 **Sauvons les poneys !** **Junior**

par Jo Pestum

Mettre en scène la Nativité, rien de plus facile ! Michael, Mehmet et Jonas ont une idée de génie : pour jouer les trois Rois mages, ils arriveront dans la crèche, à dos... de poney ! Tout se complique, quand les trois camarades découvrent que les animaux sont destinés à l'abattoir...

723 **Du sang sur les nains** **Senior**

par Jean Martinez

À Mortemart se succèdent des diparitions insolites : les victimes sont des nains de jardin ! Samy se penche de près sur ces vol:s mystérieux. Ses recherches le mènent à la fameuse légende du nain d'or, au grand maître Triboulet, et à une charmante foraine, étrangement impliquée dans l'affaire...

722 **Des anges à la cave** **Senior**

par Geoffrey Trease

Pourquoi la cave de monsieur Peblow suscite-t-elle tant de convoitise ? Quel mystère peut cacher cette ancienne grotte ? Sheila, Rodney, Debby, et Kanshi mènent l'enquête.

719 **La nuit des nains de jardin** **Senior**

par Éric Sanvoisin

Malgré les vingt-six étages de son immeuble de la cité des Allumettes, les nains de balcon de Pierre Henri ont disparu ! Le Front de Libération des Nains de Jardin aurait-il frappé ? Pas question de se laisser faire : un détective public va se charger de l'affaire...

701 **Un loup dans le manège** Senior

par Avi

« Le téléphone sonna trois fois avant qu'Andy ne décroche.
- Allô ?
- Je viens de tuer quelqu'un, répondit une voix.
- Je ne pige rien. Qui est à l'appareil ?
- Zeke. »

Que faire à quinze ans quand on sait qu'un dangereux fou rôde dans la ville et que personne ne vous croit ? Andy saura-t-il convaincre son père, la police... et surtout, la prochaine victime ?

655 **Double meurtre à l'abbaye** Senior

par Jacqueline Mirande

À la fin du XIIe siècle, un pèlerin de Saint-Jacques est retrouvé assassiné dans l'enceinte de l'abbaye de Hautefrage. Qui est le meurtrier? Y-a-t-il encore des innocents?

649 **Lieux du crime** Senior

par Andreu Martin

Le vieux et séduisant Valero est le détenteur de terribles secrets. Voilà deux ans, il a entraîné Lluc dans une équipée où œuvraient des guerriers immortels en lutte pour la possession d'un trésor. Aujourd'hui, il revient, porteur de tous les dangers. Lluc se résoud à demander l'aide d'Hanna, la jeune vacancière allemande qui lui plaît tant...

643 **La coupe du monde n'aura pas lieu** Junior

par Daniel Picouly

Faussette a disparu ! Hondo qui découvre l'affaire fait appel à ses amis, Jo et Edito. Réunion du club des Ruines... Tous les indices les mènent au stade de France. Bizarre... et si la coupe du monde n'avait pas lieu?

642 Prise d'otage à la Bastille **Senior**

par Hubert Ben Kemoun

Superbe demeure que la maison du n°5 de la rue de la Bastille! Protégée par un mur et gardée par un fauve. Mais rien ne peut arrêter Antoine, cette nuit. Dans cet écrin vit Marianne, et Toine a parié de lui faire une déclaration d'amour originale et romantique. Rue de la Bastille? Marianne? Toine va se retrouver enfermé pour longtemps dans un cachot...

639 Complot à Rome **Senior**

par Lola Gonzàlez

Jules César meurt, assassiné par les siens. Danc ce climat de méfiance et de trahison, Drusus et Porcia sont en danger: leur oncle, le sénateur Marius Dimitio a participé au complot. Les deux enfants doivent fuir; dans une Rome où tout le monde est suspect...

638 Piratage à la cité **Junior**

par Jacky Pop

Un drôle d'individu rôde dans la cité des Planètes. Il propose un marché à Cheita et à ses copains: revendre des CD de jeux piratés. Cheita se retrouve mêlé, bien malgré lui, à un trafic dangereux...

626 Esteban du désert rouge **Senior**

par Michel Honaker

Dans le désert rouge d'Arizona, les esprits maléfiques gouvernent. Quand les trois adolescents disparaissent, les soupçons se tournent vers les Indiens Hopis, aux pratiques mystérieuses. Parmi eux, seul Esteban chante et danse encore. Il devra affronter son destin...

623 **Copier Coller** — **Senior**

par Cesare Battisti

Bruno est obsédé par ses origines. Il tente de recoller les morceaux d'un passé familial énigmatique. Sa rencontre avec Pixel, un passionné d'informatique, va changer sa vie. Qui est donc ce garçon qui lui ressemble étrangement ?

622 **Meurtre à la crique** — **Junior**

par Yves-Marie Clément

Tom participe à une compétition de judo en Guyane. Il gagne un coffret de grande valeur, remis par un homme d'affaires louche. Mais l'homme est assassiné, les coffret est volé, et Tom se retrouve mêlé à un bien étrange fait-divers. Qui tient tant à récupérer ce coffret et pourquoi ? Tom décide de mener l'enquête…

597 **David a du flair** — **Junior**

par Jean-Hugues Oppel

Chiroux, le chien de la famille Montembert, a disparu. David ne croit pas à une fugue ou à un accident, il est persuadé que son chien a été enlevé pour servir de cobaye. Avec sa sœur Nathalie et leurs copains, il décide de mener l'enquête du côté des laboratoires Fronaz

596 **Sans nouvelles de la montagne** — **Senior**

par Ramon Royal Ross

Harper et Moon passent une semaine inoubliable de vacances chez Olinger, vieil homme bourru et chaleureux au cœur de la forêt. Mais Moon, fantasque et imprévisible, disparaît avec la fin de l'été. Et lorsque Olinger est retrouvé mort, tout accuse Moon. Pourtant Harper refuse d'admettre la culpabilité de son ami…

593 **Les assassins du cercle rouge** — Senior

par Jean-Paul Nozière

Le meurtre d'un voisin va donner à Charlotte et à Simon l'occasion d'éprouver leur talent de détective. Ils se retrouvent en possession de documents datant de la Seconde Guerre mondiale. Documents convoités par une bande de nostalgiques de l'époque nazie. Le jeu tourne alors au cauchemar, et une période que Charlotte et Simon croyaient à jamais enfouie dans leur livre d'histoire ressurgit brutalement, sinistre mais bien vivante.

591 **Sam s'en mêle** — Junior

par Linda Stewart

Sam est appelé par la divine Antoinette pour retrouver Sandy, le chat star kidnappé. Sous le charme de la belle actrice, Sam se lance sur les traces de Sandy; son enquête le mène tout droit dans les coulisses des studios Chandelier. Mais la partie n'est pas gagnée, les ennemis sont coriaces…

587 **L'inconnu dans le frigo** — Junior

par Michel Grimaud

David, poursuivi par des trafiquants, se cache dans un frigo abandonné dans une décharge. Quelle n'est pas la surprise de Jenny et Désiré, brocanteurs, lorsqu'ils découvrent un inconnu dans le frigo qu'ils ont récupéré! David est blessé; le coup qu'il a reçu sur la tête lui a fait perdre la mémoire. Mais les trafiquants ont retrouvé sa trace et deviennent menaçants…

586 **Intrigue au palais** — Senior

par Jose Luis Velasco

Pourquoi Rodrigo a-t-il tué l'eunuque favori du calife? Tout l'accuse, et pourtant Rodrigo nie; le sage Hantal, avec l'aide de son fils Fernando, comprend que la vérité n'est pas si simple. Le palais du calife est le siège de bien des intrigues…

582 **Le lutteur de sumo** Junior

par Daniel Picouly

Hondo s'inquiète pour son amie Musique. Muette, elle ne mange plus et se traîne comme une somnambule. Prostrée dans son fauteuil, elle serre contre son cœur une photo. En démêlant les fils du passé de Musique, Hondo et ses amis du club des ruines découvrent une histoire d'amour pas comme les autres.

577 **Course-poursuite à l'italienne** Senior

par Dominique Buisset

Olivier, en voyage scolaire à Rome, rencontre une belle italienne, Anna-Luisa, qui lui tourne la tête. Pour lui plaire, il vole un blouson de cuir dans un magasin. Poursuivi, il est aidé dans sa fuite par deux individus louches. Leur générosité n'est pas gratuite et Olivier se retrouve entre les griffes de trafiquants d'art internationaux.

565 **Le scarabée d'or suivi de La lettre volée** Senior

par Edgar-Allan Poe

William Legrand trouve un gros scarabée couleur d'or magnifique. C'est un spécimen rare, et la nouvelle fait le tour de l'île Sullivan. Mais bientôt, le bruit court : le scarabée a ensorcelé William...

564 **Les aventures de Victor Bergame** Junior

par Jean-Claude Narboni

Victor Bergame, agent secret, doit mener une enquête ultra confidentielle. Pourquoi son chef Fleurus lui confie-t-il cette mission? Pourquoi le colonel Zatopec l'accompagne-t-il? Que mijote donc le mystérieux Abergel? Qui a volé la pilule grand-mère qui permet de voyager dans le temps? Autant de questions auxquelles Bergame devra répondre......

563 **Compte à rebours** — Senior

par Walter Dean Myers

Jimmy grandit dans un quartier noir de New York. À quatorze ans, il n'a rien connu d'autre et Mama Jean, qui lui tient lieu à la fois de père et de mère, veille à ce qu'il pousse bien droit. Mais tout bascule le jour où Jimmy est abordé par un inconnu qui assure être son père.

562 **Un week-end fou** — Junior

par Gary Soto

Mando et Hector sont persuadés qu'ils vont bien s'amuser chez Julio, l'oncle d'Hector, où ils vont passer le week-end. En effet, le résultat dépasse toutes leurs espérances. Témoins d'un vol à main armée, les voilà poursuivis par des bandits...

552 **L'étrange affaire Plumet** — Senior

par Liliane Korb – Laurence Lefèvre

Arthur est un passionné de romans policiers américains, il observe, note et analyse tout ce qui se passe autour de lui, à la manière des grands détectives privés. Mais bientôt la réalité rattrape la fiction... Arthur sera-t-il à la hauteur de ses maîtres?

547 **Jonathan et le secret des vignes** — Junior

par Tigrane

Pourquoi le grand-père de Jonathan est-il surnommé Papy-mystères? Que cache donc ce vieux vigneron à la solide réputation d'original? Les sensations olfactives qui envahissent soudainement Jonathan lui révèlent un monde d'odeurs qu'il n'imaginait pas jusqu'alors. Jonathan va profiter de ce don pour mener une enquête et résoudre les mystères qui entourent son grand-père.

538 **Cauchemar pirate** **Junior**

par Daniel Picouly

Hondo est hanté par un cauchemar où il assiste, impuissant, à un crime. Le lieu du crime ? Une maison abandonnée du quartier. Hondo en est sûr, le nœud de l'énigme se trouve là-bas. Avec ses copains du Club des Ruines, Hondo va mener l'enquête sur la trace d'une histoire ancienne. Le cauchemar se mêlera à la réalité, les ombres du passé réclameront justice...

531 **Le courage d'Alex** **Senior**

par Chester Aaron

Alex et son copain arpentent régulièrement la plage à la recherche d'un trésor ramené par les vagues. C'est là qu'un jour, la découverte d'un corps inanimé va bouleverser la vie des deux garçons... Qui est cet homme ? Pourquoi les deux voisines d'Alex paraissent-elles terrorisées ?

528 **Les trente-neuf marches** **Senior**

par John Buchan

Fortune faite en Afrique du Sud, Richard Hannay revient à Londres pour goûter pleinement une vie d'oisiveté. Ses plans sont bouleversés par l'assassinat d'un homme dans son appartement. Le voici mêlé à une histoire d'espionnage, nous sommes à la veille de la première Guerre mondiale.

494 **Sam, détective privé** **Junior**

par Linda Stewart

Sam a toutes les caractéristiques d'un détective privé new-yorkais, mais c'est un chat ! Sa clairvoyance et son grand sens de la déduction l'amènent à résoudre le mystère des cambriolages qui inquiètent les habitants de son quartier.

491 Arsène Lupin, L'agence Barnett et Cie **Senior**

par Maurice Leblanc

Qui est donc ce Jim Barnett? Il se trouve mêlé aux histoires les plus rocambolesques et tire toujours au clair les plus grands mystères. Son agence privée, Barnett et Cie, semble résoudre tous les problèmes gratuitement ou presque! Et chaque fois, les coupables sont punis! Vous l'aurez compris, Arsène Lupin n'est pas loin...

490 Arsène Lupin, Le bouchon de cristal **Senior**

par Maurice Leblanc

Un mystérieux bouchon de cristal est convoité par beaucoup trop de monde. Quel secret recèle-t-il ? Certains iraient jusqu'au meurtre pour se le procurer! Arsène Lupin devra se montrer très astucieux s'il veut faire échouer les plans d'un adversaire particulièrement redoutable.

486 Le casse-tête chinois **Senior**

par Harriet Graham

Flora et William ont été recueillis par Samuel Rolandson, le célèbre magicien. Alors que les enfants s'apprêtent à partir en vacances, Samuel reçoit la visite de Chang, un vieil ami chinois. Samuel semble tout heureux de le retrouver. Mais les enfants soupçonnent Chang de leur cacher quelque chose...

481 Coupable! **Junior**

par Ruth Thomas

La vie de Kate, dix ans, n'est pas drôle tout les jours. Heureusement elle se console auprès de son ami de classe Desmond, un jeune Noir dont le père sort de prison. Cependant les problèmes apparaissent lorsque le père de ce dernier est accusé d'une série de cambriolages.

478 **Le chien des Baskerville** **Senior**

par sir Arthur Conan Doyle

Une malédiction pèse sur les Baskerville. Une lande désolée cerne le manoir familial ; elle est hantée par une bête mi-chien mi-démon qui selon la légende, tue le dernier héritier du nom. Sir Henry de Baskerville, très impressionné par la mort tragique de son oncle, en appelle au génie de Sherlock Holmes pour briser le sort qui semble s'acharner sur la famille.

469 **Les aventures de Sherlock Holmes, tome 2** **Senior**

par sir Arthur Conan Doyle

Quatre nouvelles dans lesquelles Sherlock Holmes nous entraîne des bas-fonds londoniens jusque dans la campagne anglaise. La police britannique ne parvient pas à dénouer les intrigues ? Qu'à cela ne tienne, notre célèbre détective amateur flanque de son fidèle Watson, s'attaque, avec brio, aux énigmes les plus compliquées…

468 **Les aventures de Sherlock Holmes, tome 1** **Senior**

par sir Arthur Conan Doyle

Sherlock Holmes déploie son génie de la déduction dans cinq nouvelles où ; le moindre indice a son importance et lui permet de reconstituer une affaire jusque dans le plus petit détail…

465 **L'ancêtre disparue** **Junior**

par Lorris Murail

Corinne, Marinette et Arthur, en vacances dans la maison de leurs ancêtres, découvrent un album de famille. Pourquoi certaines photos ont-elles été systématiquement découpées, supprimant le visage d'une femme ? Les trois enfants partent à la recherche du secret de famille…

Castor Poche, des livres pour toutes les envies de lire: pour ceux qui aiment s'évader du réel voici une sélection de romans d'anticipation et de fantastique.

763 Pleins gaz sur la planète Gloups Senior

par Gail Gauthier

Gorgoll Le Grand, roi de la planète Gloups, organise une grosse bouffe planétaire avec les meilleurs cuisiniers de tout l'univers ! Il a kidnappé trois candidats qu'il ramène à bord de son vaisseau, un hamburger intergalactique, et leur ordonne de fabriquer onze mille repas dans la nuit... Les cuisines tournent à pleins gaz...

762 La nuit de la grande colère Senior

par Roger Norman

Une nuit par siècle, les arbres s'animent, leurs racines sortent de terre, leurs feuilles parlent... C'est « la Nuit des Arbres ». Mais cette fois, les arbres sont en colère. Ils veulent se venger des humains qui les maltraitent et les méprisent. En cette « nuit de la grande colère », leur première victime sera Alan, un petit garçon de dix ans... La catastrophe peut-elle être encore évitée ?

761 Le Jardin des Automates Senior

par Armando Boix

Inventeur génial, Hkob Shrade crée des êtres mécaniques prodigieusement réalistes. Ses figurines sont exposées dans un immense labyrinthe, le Jardin des Automates, et parfois vendues à de riches collectionneurs. Mais voici que les automates de Shrade disparaissent, comme doués de vie...

760 Les visiteurs débarquent ! Senior

par Dan Gutman

Les extraterrestres sont là ! Difficile de les reconnaître... Sauf pour Will et Robby, qui ont remarqué la passion des « visiteurs » pour les biscuits de leur mère ! Mais personne ne croit les deux frères, même le jour où ils retrouvent un vaisseua spatial au beau milieu de leur jardin !

741 **La mécanique du diable** **Senior**

par Philip Pullman

Demain, l'horloge de la ville doit s'enrichir d'un nouvel automate. Mais l'arrivée du Dr Kalmenius, génie de l'horlogerie, marque le début d'une abominable nuit... Sa présence semble en effet entraîner une série d'incidents de plus en plus inquiétants. La mécanique du temps serait-elle dictée par une logique diabolique?

740 **Les buveurs de rêves** **Senior**

par Michel Honaker

Sur Archivis, les hommes se cachent pour échapper aux attaques des monstrueux Noctambules. Tous, sauf Carson Ladyko. Gagné par la révolte, le Détective-Vérificateur décide de percer le mystère de ces effrayantes créatures que l'on appelle les « buveurs de rêves ».

739 **Victor crève l'écran** **Senior**

par Dan Gutman

Yip descend d'une lignée de bricoleurs professionnels. À l'aide d'un nouveau logiciel inventé par la société de son père, Yip crée Victor, un garçon virtuel qui lui semble parfait. Mais un jour, Victor décide de sortir de l'ordinateur, pour découvrir le monde réel. Yip se rend alors compte qu'il n'a plus aucun contrôle sur sa création!

738 **Le naufragé du Cinquième Monde** **Junior**

par Hubert Ben Kemoun

Alors qu'il joue une fois de plus à Super Envahisseur, Raphaël voit apparaître une jeune fille sur son écran. C'est Azurela, la princesse qu'il tente de sauver tous les soirs en pianotant sur son clavier d'ordinateur! Elle lui demande de traverser l'écran pour venir l'aider à défendre son univers pas si virtuel...

696 **Au milieu de la galaxie, tournez à gauche** **Senior**

par Robin Klein

Fraîchement débarqués de la planète Zyrgon, Dellis, Qwrk et compagnie n'en finissent pas de s'étonner du mode de vie terrien, fort primitif à leur goût. Heureusement que Zed, promue grande Organisatrice de famille, est là pour encadrer tout son monde. Mais dans cet univers imprévisible, qu'il est difficile de sauvegarder la tradition zyrgonaise !

694 **Le petit cirque des horreurs** **Senior**

par Lorris Murail

Cricri partage la vie itinérante de ses parents, animateurs d'un petit cirque bien particulier. Sous ce chapiteau, ce sont des monstres qui paradent et l'on diffuse des films d'horreur. Un soir, la représentation s'achève dans un terrible incendie. La vie de Cricri devient un cauchemar, bien réel.

688 **Taxiphobie** **Senior**

par Michel Honaker

Jaryl Andrup, jeune trader surdoué, nageait en pleine réussite : il était riche, fiancé à une superbe créature, et promis à un bel avenir. Jusqu'à ce carrefour où un taxi grille un feu rouge et heurte sa Ferrari… en un clin d'œil, sa vie bascule dans le pire des cauchemars. Dans une ville soudain prise de folie, cette nuit d'hiver semble ne jamais devoir s'achever…

679 **L'homme qui rajeunit** **Senior**

par Jacques Asklund

Tout semble réussir à Robert Letellier, brillant banquier. Jusqu'au jour où sa femme le quitte : lancé sur ses traces, il tombe sur un vagabond qui lui tient d'étranges propos : « Pour être grand, il faut d'abord avoir été petit ». Le lendemain, il se réveille dans la peau d'un enfant… de douze ans !

670 Le maléfice des enfants de l'ombre **Senior**
par Nicole Caligaris
Depuis la nuit d'Halloween, Louise voit se multiplier autour d'elle de bien mystérieux signes, qui ont tous en commun une inscription, OC698. D'abord intriguée, elle se sent peu à peu menacée. Ses amis Lucille et Junior, ainsi que l'étrange Professeur Aminikati ne seront pas de trop pour la protéger contre un maléfice centenaire...

668 Le baron Ténèbre **Senior**
par Michel Honaker
Alagon Usher a des pouvoirs immenses. Il prétend les tenir de Pendergast, le grand magicien. Mais une terrible trahison le fait basculer du côté des forces du mal : régnant sur le Marais d'Angoisse, il devient le baron Ténèbre...

653 Cosmopollen **Senior**
par Gilles Barraqué
Le commandant Nico est en passe de devenir le plus grand héros de tous les temps. Au XXIIe siècle, la planète Terre n'est plus qu'une vaste poubelle. Lui, sa copine Vanille et monsieur Smitt partent en mission intergalactique pour découvrir de nouveaux mondes.

652 L'Océanide **Senior**
par Joëlle Wintrebert
Lorsque les humains ont découvert la planète Arianrhod, certains ont choisi de vivre sur l'eau, d'autres en dessous. C'est ainsi qu'apparurent tecknos et océanides. Depuis c'est la guerre entre les deux peuples. Isagarh est une teckno, Ja'el est un océanide et pourtant,ils vont apprendre à s'aimer.

647 Des crocs dans la nuit **Senior**

par Gérard Herzhaft

Je m'appelle Céline et je vis pour toujours dans le noir. Je sens ce que les autres ne savent pas voir. Il y a maman qui est mes yeux, mon cousin Nicolas, et ma correspondante de l'Oklahoma. Et monchien Bobby... Qu'est-ce qu'il a donc à montrer les crocs alors que cette canicule n'en finit pas? Et que signifie ce cauchemar qui revient, chaque nuit, me hanter?

646 L'oie magique **Junior**

par Daniel Pinkwater

Manger de la soupe aux corne flakes en pleine nuit en compagnie d'une oie très bavarde... Impossible? C'est pourtant ce qui arrive à Gaétan et il n'est pas au bout de ses surprises!

645 Les voyageurs de l'infini **Junior**

par Liliane Korb et Laurence Lefèvre

Si l'on sait avoir la tête dans les étoiles, on y voit des vaisseaux spatiaux, les plaines du pays d'Izbor; on y entend parler khalkia ou tégoula. Mais chut! D'autres planètes nous entendent peut-être...

640 Les gladiateurs de Thulé **Junior**

par Joëlle Wintrebert

Enlevés par les pirates sanguinaires de la planète Thulé, Matt et Guill subissent un entraînement, à la manière des gladiateurs antiques. Ils vont affronter dans l'arène un terrible monstre. Perdus sur une planète hostile et glaciale, les jumeaux parviendront-ils à s'échapper de cet enfer?

636 Les captifs du temps **Junior**

par Paco Porter

July et Frank n'auraient jamais dû se rencontrer, l'une vit au XXe siècle, l'autre au XXVe, pourtant ils vont affronter, ensemble, la terrible machination des Maîtres-Sorciers, organisation vouée au mal et qui défie les siècles...

631 Le grand livre des gnomes — Senior

Les aéronautes (Tome 3)

par Terry Pratchett

Les gnomes veulent regagner leur planète d'origine. Rien de plus simple! Il suffit de grimper dans un Concorde en partance vers la Floride. Puis dans un satellite qui les emportera très haut. Le tout en passagers clandestins. Rien de plus simple en effet...

624 Les portes d'Arthim — Senior

par Liliane Korb et Laurence Lefèvre

Jaimie s'invcente des histoires extra, celles des Krotolgs, petites crétaures qui ressemblent à des koalas à tête de chat. Mais les histoires ont tendance à devenir réalité, et, la nuit, les Krotolgs sont bien envahissants...

621 Dracula fait son cinéma — Senior

par Jean-Loup Craipeau

Dans le château de l'authentique comte Dracula, on s'apprête à tourner un film. Une mort inexplicable sème l'angoisse dans le village voisin: le vampire serait-il de retour?

613 Des fleurs pour Algernoon — Senior

par Daniel Keyes

Chartlie Gordon le simple d'esprit, va devenir très intelligent, grâce au traitement qu'il suit avec Algernoon, une souris de laboratoire. Les progrès sont fulgurants: le benêt, devient plus fort que ses maîtres, si fort qu'il trouve la faille dans le traitement, avant tout le monde. Mais que vont devenir Algernoon et Charlie ?

612 **Terminal park** **Senior**

par François Sautereau

Jérémie est passionné de jeux vidéo interactifs. Il s'évade ainsi de son quotidien et devient le capitaine Jemrey, héros intrépide d'aventures palpitantes. Peu à peu réalité et mondes virtuels se confondent, Jérémie affronte bientôt des individus, bien réels ceux-là…

611 **Les mondes décalés** **Senior**

par Danielle Martinigol et Alain Grousset

La vie dans l'univers est une chose rare et précieuse. Si rare que, pour la préserver, une civilisation a dupliqué une planète en cent exemplaires. Les siècles ont passé, mais les veilleurs sont là pour empêcher toute tentative de progrès dans ces mondes figés. Orana, par amour pour son frère, brise les tabous du silence, de la peur. Elle affronte les veilleurs, franchit Narthex, vers les autres mondes…

610 **Pirate de l'espace** **Junior**

par Daniel Pinkwater

Ned est tout à fait capable de rester une heure seul à la maison. Un drôle de bruit sous l'évier l'alerte, il y a là un petit bonhomme, avec un bandeau sur l'œil. Il prétend être pirate de l'espace, et invite Ned à une balade intersidérale…

609 **Le grand livre des gnomes** **Senior**

Les terrassiers (Tome 2)

par Terry Pratchett

Les gnomes qui vivent parmi nous ont décidé de retourner sur leur planète d'origine. Long trajet en perspective, alors qu'on ignore même ce que peut être un avion. Pourtant les gnomes n'ont peur de rien, en avant pour le grand voyage…

608 Le grand livre des gnomes — Senior

Les camionneurs (Tome I)

par Terry Pratchett

Les humains sont incapables de voir les gnomes. C'est que les humains sont très doués quand il s'agit de ne pas voir les choses dont ils savent qu'elles n'existent pas. Et pourtant, les gnomes sont là parmi nous, notre monde leur paraît très étrange, mais eux, ils essayent de comprendre…

607 La fille de Terre Deux — Junior

par Joëlle Wintrebert

Sylvie, jeune fille ronde et gourmande, rencontre un jour son double, sa sœur jumelle. En balade dans notre histoire, elle vient d'un monde parallèle. Sylvie présente sa terre à Evilys qui lui parle de la sienne, Terre Deux. Evilys est invisible pour tout le monde, sauf pour Sylvie, c'est l'occasion de franches rigolades…

606 L'appel du fond des temps — Senior

par Grégoire Horveno

En 2073, au Centre d'écoute spatiale du pic du Midi, Aurore et Marc recoivent de mystérieux signaux. Ces signaux proviennent-ils d'une civilisation disparue ? Les deux scientifiques en sont persuadés. Une équipe se prépare alors à remonter le temps jusqu'à l'ère secondaire. Si loin dans le passé, alors que la notion d'humanité n'existait pas encore, les savants découvrent une civilisation dont nous n'avons jamais retrouvé la trace…

575 L'héritier du magicien — Junior

par Avi

Servante au palais du roi, Morwenna se voit léguer, par un vieux magicien mourant, les cinq derniers souhaits qui restaient à ce dernier. Morwenna se retrouve magicienne, dotée d'un pouvoir étourdissant et, découvre très vite que ce cadeau du ciel est un terrible boulet et l'occasion de cruels cas de conscience.

Cet
ouvrage,
le cinq cent
trente-huitième
de la collection
CASTOR POCHE,
a été achevé d'imprimer
sur les presses de l'imprimerie
Maury Eurolivres
Manchecourt - France
en avril 2001

Dépôt légal : mai 1998.
N° d'édition : 4412. Imprimé en France.
ISBN : 2-08-16-4412-6
ISSN : 0763-4544
Loi n° 49-956 du 16 juillet 1949
sur les publications destinées à la jeunesse